Über den Autor

Kay Schornstheimer, geboren 1982 in Mainz, ist ein bekannter DJ in der Rockszene im Rhein-Main-Gebiet.

Diverse Kurzgeschichten veröffentlichte er auf seinem 2008 erstellten Autorenblog **PULP LETTERS**, der bis 2014 bestand. Sein erster Roman „**DOPE69**" erschien 2011.

Sein zweites Buch, wurde zuerst auf Englisch mit dem Titel "**Who are you?**" 2016 veröffentlicht. Die Veröffentlichung der deutschen Fassung, die den Namen "**Das Handy**" trägt, folgte wenige Monate später.

2019 erschien sein drittes Buch „**Der neugierige GEORGE und das EBOLA-VIRUS**".

Kay Schornstheimer

Das Handy

Psychothriller

Bibliografische Information der Deutschen Nationalbibliothek:

Die Deutsche Nationalbibliothek verzeichnet diese Publikation in der Deutschen Nationalbibliografie; detaillierte bibliografische Daten sind im Internet über http://dnb.d-nb.de abrufbar.

© 2016 by Kay Schornstheimer

3. Auflage 2020

Herstellung & Verlag: BoD™ – Books on Demand, Norderstedt

Lektorat & Satz: WortBrillant

Printed in Germany
ISBN: 978-3-7412-1026-6

Alle Rechte vorbehalten.

Das Werk, einschließlich seiner Teile, ist urheberrechtlich geschützt. Ein Nachdruck oder eine andere Verwertung ist ohne Zustimmung des Verlages und des Autors unzulässig.

Die Handlung und alle handelnden Personen, die in diesem Werk aufgeführt werden, sind frei erfunden. Jegliche Ähnlichkeit mit lebenden Personen wäre rein zufällig und nicht beabsichtigt.

Für

Joao Carlos (Mr. White) Oliveira Matos

Basierend auf der Kurz Geschichte:

Das Handy

Von Kay Schornstheimer, veröffentlicht 2008
auf www.pulp-letters.com

Für

Frank (ruft an) Bongartz

Ich wünschte manchmal, ich nähme ein scharfes Teppichmesser und setzte es zwischen dem großen Zeh und dem daneben an. Sodann zöge ich kraftvoll und geschickt in einem Rutsch durch bis zur Stirn.

Ich träume davon, mich aufzuklappen und aus mir selbst herauszuschlüpfen.

Endlich frei und unbeschwert sein!

Ein wundervolle Vorstellung, nicht wahr?

Hilfe suchend

Ich stehe vor Ritas Tür.
Ich brauche ihre Hilfe, aber ich traue mich nicht anzuklopfen.
Doch welche Alternativen habe ich noch?
Mein bester Freund ist tot, andere Freunde gibt es nicht.

Geschwister habe ich keine.
Und meine Eltern? Vergiss es!
Ich habe niemanden mehr.
Rita und ich sind schon seit über vier Monaten nicht mehr zusammen.
Wir haben uns im Guten getrennt. Ich habe damals ihren Wunsch nach Trennung akzeptiert, ohne jegliches Theater zu veranstalten. Außerdem kennen wir uns schon seit Kindertagen, sie konnte sich immer auf mich verlassen.
Also wieso sollte sie mir nicht helfen?
»Überwinde dich, und tu es endlich«, sage ich zu mir selbst.
Jetzt!
Ich muss es tun. Also tu es verdammt nochmal, tu es!
Ich klopfe an. Rita öffnet die Tür, wir sehen uns kurz an, sie schmeißt die Tür wieder zu.
»Verschwinde von hier, Dirk!«, schreit sie durch die verschlossene Tür.
So habe ich mir unsere Begegnung nicht vorgestellt, aber ich kann es ihr nicht verdenken. Ich würde mich im ersten Moment auch so verhalten.
»Komm schon Rita, lass mich rein … ich bitte dich!
"Hau ab oder ich rufe die Polizei!«, schreit sie hysterisch.
»Warum denn gleich die Polizei?«
»Willst du mich verarschen?«
Eine berechtigte Frage, wie ich unweigerlich zugeben muss. Ich kann ihr keinen Grund nennen,

warum sie nicht die Polizei rufen sollte. Aber sie könnte mir wenigstens erst mal zuhören, was ich ihr zu sagen habe.
»Ich war es nicht! Das musst du mir glauben, bitte!«
»Du bist einfach abgehauen und hast ihn dort liegen lassen. Weißt du eigentlich, dass nach dir gefahndet wird? Die Kripo war bei mir und hat mich wegen dir befragt.«
So weit sind die Ermittlungen über mich also schon fortgeschritten: sie haben bereits meine Vergangenheit durchforstet. Sie kennen alle Details aus meinem Leben. Auf welcher Schule ich war, welchen Beruf ich ausübe, mit wem ich befreundet bin oder mit wem ich eine Beziehung hatte, wie viel Geld ich auf meinem Konto habe, ob ich schon mal einen Strafzettel wegen einer Geschwindigkeitsübertretung verpasst bekam, einfach alles. Ich fühle mich entblößt.
»Ich wurde reingelegt. Das musst du mir glauben! Ich bin unschuldig! Würde ich sonst herkommen?«
Sie sagt nichts.
»Rita, ich weiß nicht, wo ich hin soll. Du bist die Einzige, die mir noch helfen kann.« Unmittelbar nachdem ich diese Erklärung abgegeben habe, merke ich, dass es der Wahrheit entsprach. Mir wird endgültig bewusst, dass sie meine letzte Chance ist, meine Unschuld zu beweisen.
Ich lege eine Pause ein und überlege, was ich als nächstes sage. In diesem Moment höre ich, wie hinter mir eine Tür geöffnet wird. Eine von Ritas

Nachbarinnen, die auf dieser Etage wohnen, kommt aus ihrer Wohnung in den Hausflur. Es ist Frau Schneider, eine ältere Dame, die bereits das Rentenalter erreicht hat und alleine lebt. Die ich mehr oder weniger nur vom Sehen kenne, aus der Zeit, in der ich hier damals noch ein- und ausgegangen bin. Rita konnte sie noch nie leiden, da sie sich ständig wegen angeblicher Lärmbelästigung und anderer Dinge bei ihr beschwerte.
»Was in Herrgotts Namen ist hier los, was hat dieser Krach zu bedeuten?«, poltert sie los.
Ich werde wütend, und bevor ich mich zu ihr umdrehe schlage ich mit meinen beiden Handflächen hart gegen Ritas Tür.
»Verpiss dich, du Miststück, bevor ich dir deinen Kopf abreiße und dir in deinen Hals kotze!«, brülle ich Ritas Nachbarin an.
Erschrocken verschwindet sie rückwärts nach der Tür tastend wieder in ihrer Wohnung. Ich kann hören, wie sie mindestens zweimal abschließt und dann folgt noch die Kette.
»Und du erwartest jetzt ernsthaft von mir, dass ich dich rein lasse?«, fragt mich Rita. Obwohl ihr dieses Schauspiel mit ihrer verhassten Nachbarin eigentlich gefallen müsste. Aber selbst ich bin über mein äußerst aggressives Verhalten erschrocken. So bin ich doch eigentlich gar nicht.
»Scheiße …«, fluche ich leise vor mich hin. Ich drehe mich wieder zu ihrer Wohnungstür um.

»Geh einfach, Dirk, verschwinde von hier!«
(Disappear Here)
»Du weißt, dass ich es nicht getan habe, du kennst mich. Du hast mich mal den liebsten Kerl der Welt genannt, und ich habe nie was getan, das dem widerspricht.«
Dieser Satz bringt einen Moment des Schweigens mit sich.
»Lass mich bitte rein, und ich erzähle dir alles, was passiert ist.«
»Du willst reden?«
»Ja.«
»Dann fang an. Aber hier kommst du nicht rein«, stellt sie klar.
»Und deine Nachbarin?«
»Ist mir egal.«
»Kannst du mich nicht bitte reinlassen?«, flehe ich sie an und merke dabei wie unangenehm mir dies ist.
»Schmink dir das ab, Dirk«, sagt sie mit einer Mischung aus Angst und Zorn in ihrer Stimme.
Ich setze mich mit dem Rücken vor ihre Tür und lehne mich an.
»Wird's bald?«
In ihrer forschen Aufforderung bekomme ich deutlich die Ablehnung zu spüren, die sie gegen mich hegt. Und ich kann es ihr noch nicht einmal verdenken. Sorge um mich ist das Letzte was ich hier erwarten durfte. Der Mann, den sie zu kennen glaubte, wurde durch die jüngsten Ereignisse geradezu ausgelöscht. Er wurde zu einer vagen

Erinnerung, die anscheinend in ihren Augen niemals der Wahrheit entsprochen hatte. Dieses neue Bild, das sie nun von mir hat, entspricht dem eines bösen Monsters. Das sie zu allem Überfluss dazu nötigt, ihm zuzuhören und ihr jegliche Art der Flucht verwehrt. Sie ist eine Gefangene in ihrer eigenen Wohnung. In ihrer kleinen Zwei-Zimmer Wohnung, ohne Balkon, im dritten Stock. Sie kann noch nicht einmal aus dem Fenster springen ohne sich auf dem harten Betonboden, auf dem sie unweigerlich landen würde, ernsthaft zu verletzen. Trotz allem hat sie ihre letzte Option die ihr geblieben ist, nämlich die Polizei zu rufen, noch nicht ausgeschöpft. Stattdessen wirft sie mir einen Knochen hin, in Form einer kleinen Chance ihr zu beweisen, dass ich wirklich unschuldig bin. Aber anstatt für dieses kleine Entgegenkommen dankbar zu sein, bin ich nur wütend und genervt von ihrem Verhalten, was sich in meiner Antwort widerspiegelt.

»Ist ja gut ... Herrgott!« Der Zorn in meiner Stimme wird ihr kaum entgangen sein. Am liebsten würde ich aufspringen und ihre Tür eintreten. Was aber dem Bild des bösen Monsters, das sie von mir hat, nur Stärke verleihen würde. Daher beschließe ich schnell weiterzusprechen und möglichst resignierend zu klingen. »Es war am Donnerstag, und es hat alles mit meinem Handy angefangen.«

»Mit deinem Handy?«, fragt sie verwirrt.

»Ja, mit meinem Handy. Jetzt halt bitte die Klappe und hör' einfach zu.« Ich klinge immer noch gereizt und genervt, allerdings in einem ruhigeren und bestimme deren Ton, der ihr mitteilen soll, mich nicht mehr zu unterbrechen.
»Es war also Donnerstag, und ...«

Falsch Verbunden
(Wie alles begann…)

Dennis ist zu Besuch, wir vertreiben uns die Zeit
mit Saufen, Kiffen und *Angry Birds* zocken.
Und stellen uns die wichtigen Fragen dieser Welt:
Lebt Elvis noch, und wenn ja, in einem Altenheim?
War Jesus schwarz?
Wer ist Gobi Todic?

Ist die Zahl zweiundvierzig wirklich die Antwort auf alles?
Steht der Tag schon fest an dem alles vorbei sein wird?
Was macht Osama Bin Laden nach seinem vorgetäuschten Tod heute so?
Wann wird Mario Gomez endlich aus der Deutschen National Elf geschmissen?
Wann setzt ProSieben endlich die furchtbare Sendung *Galileo* ab? Und wieso wiederholen die ständig dieselben Folgen von *How I Met Your Mother* und *The Big Bang Theory*?
Und ist es eigentlich wirklich immer dasselbe? Dreht sich tatsächlich alles nur im Kreis?

Nach einer Weile beschließt Dennis, dass er nun gehen muss. Er hat morgen ein wichtiges Treffen. Es geht um einen Großauftrag von IBM, er muss fit und ausgeschlafen sein. Ich bringe ihn zur Tür und wünsche ihm viel Glück. Nachdem ich die Tür geschlossen habe, höre ich, wie sein Handy draußen im Flur klingelt. Ich bin auf einmal hundemüde, mir wird regelrecht schwarz vor Augen und ich schaffe es gerade noch in mein Bett. Dort falle ich direkt in einen komaartigen Schlaf.

Drei bis vier Stunden später …

Ich wache durch den Song *Break Out* von den *Foo Fighters* auf.
Wo kommt der her?

Aus meinem Handy. Ich schaue auf die Digitaluhr neben meinem Bett: es ist kurz nach zwei Uhr – früher Morgen.
Wer zum Gaier ist so hirnverbrannt und ruft mich um diese Uhrzeit an?
Ich bin sauer und greife zum Handy.
»Was ist?«
»Hallo«, sagt eine leise Stimme am anderen Ende der Leitung.
»Sag mal, du Depp, weißt du eigentlich wie spät wir's haben ... Wer ist da überhaupt?«
»Wer ist da?«, fragt die Stimme.
»Ich hab kein' Bock auf solche Spielchen, wenn ich geweckt werde.« Ich sehe mir das Display von meinem Handy an und lese Dennis.
»Dennis, was soll der Scheiß?«
»Hier ist nicht Dennis.«
»Ja, lustig«, sage ich genervt und lege auf.
Es klingelt wieder.
Ich gehe erneut dran.
»Sag mal, Dennis, was soll denn das, kannst du nicht schlafen vor Aufregung wegen morgen, oder bist du so besoffen?«
»Hier ist nicht Dennis«, behauptet der Anrufer nach wie vor.
Wer sollte es denn sonst sein? Bester Freund hin oder her, das hier muss wirklich nicht sein. Der hat sie doch nicht mehr alle. Erzählt mir am Abend was von wegen, er kann nicht so lange hier bleiben, damit er für morgen fit und ausgeschlafen ist. Und jetzt ruft er mitten in der Nacht mit

verstellter Stimme bei mir an. Dabei gelingt es ihm noch nicht einmal seine Stimme so gut zu verstellen, ohne dass ich sie gleich erkenne. Und dann ruft er auch von seinem Handy aus an ohne die Nummer zu unterdrücken. Tja Freundchen, dumm gelaufen.
»Und warum rufst du dann von seinem Handy aus an?«
»Weil ich es gefunden habe.«
Gute Antwort, das muss ich zugeben. Aber ich bin immer noch ziemlich genervt und sauer von dieser Aktion und meine Müdigkeit macht die Sache auch nicht besser. Aber trotzdem würde ich jetzt gerne weiter schlafen, es ist mitten in der Nacht, verdammt nochmal. Bevor ich ihm antworte gehe ich kurz in mich und atme tief durch.
»Du hast das Handy also gefunden?«, frage ich noch in einem ruhigen Ton, aber dann blaffe ich: »Dennis es reicht jetzt!«
»Ich bin nicht dieser scheiß Dennis, verflucht nochmal!«, schreit die Stimme und hört sich äußerst verärgert an, obwohl ich derjenige bin, der das Recht dazu hätte. Ungerührt von dieser Aussage zünde ich mir eine Zigarette an.
»Und wer bist du?«, frage ich und kann mich dabei einer gewissen Langeweile einfach nicht entziehen.
»Ben. Okay, ich heiße Ben.«
Ich überlege kurz, ob ich jemanden kenne der Ben heißt, mit dem Dennis womöglich unter einer Decke steckt, für diesen bescheuerten Witzanruf.

»Du bist also der Ben, und du hast das Handy von meinem Kumpel Dennis gefunden, und was willst du jetzt von mir?«
»Deine Nummer war die letzte, die gewählt wurde.«
»Und aus diesem Grund rufst du mich jetzt an, richtig?«
»Ja.«
»Gut ... weißt du was, du bekommst jetzt von mir seine Festnetznummer und dann rufst du morgen bei ihm an, und ihr könnt ausmachen, wie du ihm sein Handy zurückgeben kannst«, schlage ich ihm vor, während ich nach der Wasserflasche greife, die neben meinem Bett steht, und daraus einen kräftigen Schluck nehme.
»Willst du nicht wissen, wo ich das Handy gefunden habe?«, fragt er.
»Nein«, antworte ich.
»Warum?«
»Weil ich schlafen will.«
»Ich hab es im Treppenhaus gefunden, direkt vor meiner Wohnungstür.«
»Interessiert mich nicht.«
»Warum?«
»Sag mal, willst du mich verarschen oder was, ich sagte bereits, dass ich weiterschlafen will, oder? Bist du vielleicht schon mal auf die Idee gekommen, dass der Besitzer des Handys in deinem Haus wohnt? Wenn du es schon im Treppenhaus gefunden hast - nur so 'ne Idee.«

»Nein, der wohnt hier nicht, ich kenn' hier jeden und einen Dennis gibt es hier nicht.«
»Hast du was zu schreiben? Oder soll ich dir die Festnetznummer per SMS senden?«
»Sind Dennis und du gut befreundet?«
Also so langsam wird mein Gesprächspartner etwas unheimlich. Ich gebe mich aber trotzdem cool und vor allem angepisst, was ich ja auch bin.
»Du gehst mir auf den Sack, Mann. Was willst du eigentlich von mir?«
»Das weiß ich ehrlich gesagt selbst nicht so genau.«
»Was für ein Arschloch«, sage ich zu mir selbst, und halte dabei das Handy ein Stück weit weg.
»Willst du jetzt seine Festnetznummer? Ja oder Nein?«
»Ich glaube nicht, dass er es noch gebrauchen kann?«
»Was sollen das jetzt wieder heißen? Hast du es dir in den Arsch geschoben, oder drauf gewichst?«
»Nein. Der Typ sah nicht danach aus, als ob er noch imstande wäre es verwenden zu können.«
Das eben Gesagte macht mich sprachlos. Eine spontane Verwirrtheit breitet sich in mir aus, und ich bekomme ein komisches Gefühl in der Magengegend.
»Hallo, noch jemand da?«, fragt Ben in einem auffällig ruhigen Ton.
»Wie bitte?«, frage ich vorsichtig. »Du hast doch gesagt, dass du es gefunden hast, oder nicht?«
»Das stimmt auch.«

»Also, ich weiß jetzt nicht so ganz genau, auf was du hinaus willst?«
»Na ja, gefunden stimmt nicht ganz.« Er macht eine Pause. »Ich hab es aufgehoben, nachdem er es fallen ließ.«
Ich bekomme eine Gänsehaut und das komische Gefühl in meiner Magengegend verstärkt sich.
»Aha, und weiter ... hast du jetzt gesehen wie er es fallen ließ und es dann aufgehoben, oder wie jetzt?«
»So ähnlich.«
»Und weshalb hast du es ihm nicht gesagt.«
»Das ging nicht.«
»Wieso?«
»Ich schätze mal, nachdem ich mit ihm fertig war, hatte er einfach nicht die Kraft noch irgendwas zu machen«, sagt er mit etwas Unheimlichem in seiner Stimme und bringt mich damit erneut für einen kurzen Moment zum Verstummen.
»Du scherzt, oder?«
»Warum sollte ich scherzen, Dirk?«
Mein Adrenalinspiegel schießt in die Höhe.
»Moment mal, woher kennst du meinen Namen? Dennis hat mich unter *Defendor mit O R!* in seinem Adressbuch im Handy gespeichert?«
»Er hat es mir gesagt ... kurz bevor ich ihm seine Stimmbänder durchgeschnitten habe.«
»Du hast was? Wo ist er?«, keuche ich schon beinahe ins Handy. Die nackte Angst überkommt mich so stark, dass ich das Gefühl habe, regelrecht erstarrt zu sein. Wie ein Reh im Scheinwerferlicht.

»Er liegt vor deiner Tür.«

Ich renne zur Tür und reiße sie auf. Dennis liegt direkt vor meinem Eingang auf dem Rücken mit durchtrennter Kehle. In einer riesigen Blutlache, die in den Teppich sickert.
Ein Muster aus Blutspritzern an der Tapete und meiner Tür. Der Schock dieses Anblicks lässt mein Inneres zu Eis erstarren. Das Gesicht von Dennis ist zu einer blassen, blutigen Horrorvision geronnen. Ich starrte in das dunkle Loch seines weit aufgerissenen Mundes über der klaffenden Wunde an seinem Hals. Er hat die Augen weit aufgerissen. Der gebrochene Blick starrt vollkommen ausdruckslos in die unendliche Leere. Es jagt mir einen eiskalten Schauer über meinen Rücken. Ich kann nicht wegsehen, auch wenn ich es wollte. Auch wenn ich es nicht steuern konnte, suche ich nach etwas in seinem Gesicht - nach irgendetwas. Verzweiflung, Schrecken, Unglauben - aber nichts davon ist zu sehen. In diesen leeren, kalten Augen.
Ich stehe nur da und starre fassungslos auf den leblosen Leib von meinem besten Freund, und kann einfach nicht glauben, was ich sehe. Ich möchte mir einreden, dass es nur ein böser Traum ist und ich jeden Moment aufwache. Doch ich kann nicht aufwachen, denn dies ist kein Traum. Mir sacken die Beine weg, und ich falle zu Boden. Pralle hart mit meinem Rücken an den Türpfosten. Der Schmerz bewegt sich rieselnd durch meinen Körper. Immer noch das Handy in meiner rechten

Hand fest umschlungen. Das ständig wiederkehrende *Hallo* bemerke ich erst nach einer Weile. Ich halte das Handy wieder ans Ohr.
»Na, gefällt dir was du siehst?«, fragt mich die Stimme, die sich Ben nennt.
»Du kranker Wichser, was hast du gemacht!«, schreie ich.
»Dirk, hör mir zu.«
»Fuck!«
»Dirk, dein Handy ist gar nicht an.«
»Was?«
»Dirk, du redest schon die ganze Zeit mit dir selbst.«
»Was?«
»Na, wer ist jetzt der kranke Wichser?«
»Was? «
»Gute Nacht, Killer.«

Machtlos

Ich wache in meinem Wagen auf.
Ich brauche einen kurzen Augenblick, um zu mir zu kommen.
Und dann wird mir wieder alles schlagartig bewusst. Die Ereignisse der letzten Stunden treffen mich wie ein Blitz. Vor meinem inneren Auge läuft eine Art Rückblende ab.
Der Abend mit Dennis.
Der Anruf mitten in der Nacht.

Die fremde Stimme namens Ben am anderen Ende
der Leitung meines Handys, obwohl ich besser am
anderen Ende des Funksignals sagen sollte.
Der tote Körper von Dennis vor meiner Tür.
Mein kurzweiliger Zusammenbruch.
Und das Weglaufen.
Ja, ich bin weggelaufen. Vor Angst. Vor dem, was
geschehen ist. Vor dem, was nun unweigerlich
folgen wird.
Ich wollte nur weg, weg aus meiner Wohnung.
Raus aus Mainz.
Ich stieg in mein Auto und fuhr dorthin, wo kein
Mainzer hin will:
Richtung Wiesbaden.
Die Fahrt dauerte aber nicht lange. Nach noch
nicht einmal zehn Minuten bog ich auf den
Rastplatz *Zur alten Römer Straße* auf der A671 ab
und parkte dort.
Ich war so erschöpft, dass ich wenig später
einschlief.
Und jetzt bin ich hier.
Die Morgendämmerung hat bereits begonnen, und
das Gezwitscher der Vögel treibt mich noch in den
Wahnsinn. Es sind noch vereinzelte Sterne an dem
violett gefärbten Himmel zu erblicken, und es ist
nebelig. Nachdem ich mir eine Zigarette
angezündet habe und zwei tiefe Züge inhaliert
habe, schalte ich das Radio ein. Ich lausche dem
Song *Fear Is a Place To Live* von *Korn* und versuche,
an gar nichts zu denken.

Doch mein Handy lässt mich nicht zur Ruhe kommen.
Es klingelt wieder.
Die Nummer von Dennis wird auf dem Display angezeigt. Ich fürchte mich davor abzuheben und wünsche mir, dass alles nur ein schlechter Witz ist, den Dennis mit jemandem eingefädelt hat, dass sie mich hereingelegt haben und jetzt alles aufklären möchten. Bitte Gott, lass es so gewesen sein!
Ich gehe dran.
»Hallo Dirk.«
Ich erkenne die Stimme sofort, es ist Ben.
Ich brülle wütend in mein Handy:
»Du Wichser, du elendes Stück Scheiße, was hast du mit Dennis gemacht?«
»Reg' dich ab«, sagt die Stimme gelassen.
»Arschloch! Wenn ich dich erwische, mach ich dich kalt, wer bist du, verflucht?«
»Niemand, der auf den Namen Ben hört, das hast du dir wieder mal eingeredet.«
»Wer bist du, wie ist dein Name?«
»Ich heiße Dirk. Genau wie du, denn ich bin du.«
» Hör' auf damit!«
»Wehre dich nicht dagegen, Dirk. Es wäre besser, wenn du dir schnell klar machst, dass du Selbstgespräche führst und dir nur einbildest zu telefonieren.«
» Was für eine kranke Scheiße läuft hier eigentlich?«
»Dein Handy ist immer noch nicht an. «

Ich sage nichts, das Atmen fällt mir schwer. Ich versuche mich zu beruhigen, doch das funktioniert nicht. Ich habe das Gefühl, dass sich meine Kehle verknotet und dass ich kurz davor bin zu ersticken. Mir ist heiß und Schweißperlen bilden sich auf meiner Stirn. Meine Hände schwitzen auf einmal so stark, dass es mir nur mit Mühe und Not gelingt, das Handy festzuhalten, was ich auch muss. Denn die Stimme hört nicht auf zu reden.
»Wenn es dir so schwer fällt, die Wahrheit zu akzeptieren, kannst du dir gern weiter einbilden, dass du mit einer geheimnisvollen Stimme telefonierst, die dich in eine Falle gelockt hat. Mir ist das egal, ich meins ja nur gut.«
Mir hat es endgültig die Sprache verschlagen, und auch die Stimme scheint nach seiner letzten Ausführung eine Pause einzulegen. Die plötzlich eintretende Ruhe genieße ich wie niemals zuvor in meinem Leben. Was ist das nur für ein kranker Penner, der mir die ganze Zeit einreden will, dass wir dieselbe Person seien? Den Schwachsinn sollte ich glauben? Ich bin doch kein Psycho. Ich könnte niemals jemanden töten, und ganz bestimmt nicht meinen einzigen und besten Freund. Und ich sitze in diesen Moment ganz bestimmt nicht in meinem Auto und führe Selbstgespräche, das würde ich merken. Außerdem habe ich zuletzt als Kind mit mir selbst gesprochen, und das war spielerisch, wie es jedes Kind mal getan hat, da war nichts Merkwürdiges oder gar Krankes dran.

In was für ein krankes Spiel bin ich hier nur reingeraten, und wer ist dieser Typ? Seine Stimme und seine Art zu reden kommt mir sehr bekannt und beinahe vertraut vor. Aber ich kann sie nicht einordnen. Das lässt nur einen Schluss zu: Ich muss ihm schon einmal begegnet sein.

»Ich habe eine Überraschung für dich«, verrät mir die Stimme. »Schau mal hinten in deinen Kofferraum.«
»Nein!«, schreie ich und lege auf.
Es klingelt sofort wieder. Ich will nicht dran gehen. Ich versuche zu widerstehen, doch irgendetwas zwingt mich dazu - und ich komme nicht dagegen an.
»Was willst du von mir?«, möchte ich von der Stimme wissen.
»Dass du in deinen Kofferraum schaust. Jetzt!«
»Wozu?«
»Wir haben keine Zeit für diesen Schwachsinn. Tu es einfach!«
» Leck mich!«
» Na, mach schon!«, fordert die Stimme mich auf.
» Ist ja gut«, schreie ich und schlage zugleich wutentbrannt gegen das Lenkrad.
Ich steige aus und gehe zum Kofferraum. Ich stehe davor und überlege, was ich darin gleich finden werde. Es kann alles Mögliche sein. Etwas was mich noch in weitere Schwierigkeiten bringen wird? Ich traue mich nicht ihn zu öffnen und spiele kurz mit dem Gedanken, das Handy einfach

wegzuwerfen und fortzulaufen. Doch was soll das bringen? Und sprach er nicht davon, dass sich eine Überraschung darin befand? Eine Überraschung ist in der Regel doch etwas Gutes. Aber selbst die Aussicht auf etwas, was diesen Alptraum beenden würde, gibt mir nicht den Mut, diesen Kofferraum zu öffnen. Doch dann sage ich einfach: „Scheiß drauf!" und öffne den verfluchten Deckel des Kofferraums.
Das, was ich darin erblicke, zwingt mich, einige Schritte zurückzugehen.
»O Gott«, flüstere ich leise unter Schock.
Bevor ich es wage, wieder näher an den Wagen heranzutreten, sehe ich mich zunächst um, ob ich auch wirklich allein bin, und mich niemand beobachtet. Es ist eine junge Frau, die zusammengekauert in meinem Kofferraum liegt. Sie ist bestimmt nicht älter als zwanzig. Mit straßenköterblonden Haaren und weit aufgerissenen blauen Augen, die genau wie die von Dennis ins Leere starren. Ihr Mund steht ein Stück offen. Auf der Stirn – nahe der rechten Schläfe – quillt eine klaffende Wunde hervor, und vor ihr liegt ein blutverschmierter Stein.
»Na, Killer, gefällt dir, was du siehst?« Ein gemeines Kichern unterbricht die Stimme, bevor sie mich fragt: »Hast du den Schock schon überwunden?«
»Fuck! Wer ist das?«
»Woher soll ich das wissen? Irgend so 'ne dumme Schlampe.«

»Ist sie wirklich tot?«, frage ich in einem kindlichen und naiven Ton.
»So tot wie Dennis.«
»Was hast du gemacht?«
»Ich war das nicht, das warst du.«
»Red' keine Scheiße!«
»Ich sag' nur die Wahrheit.«
»Und wann soll ich das deiner Meinung nach gemacht haben?«
»Als du geschlafen hast, besser gesagt, als du dir eingebildet hast, zu schlafen. Du schläfst bereits seit Monaten nicht mehr.« Er legt eine kurze Pause ein, bevor er fort fährt: »Du hast sie mit einem Stein erschlagen.«
»Ich habe niemanden erschlagen!«
»Ja, von mir aus«, gibt er mir desinteressiert zur Antwort und fragt mich dann: »Was machen wir jetzt?«
»Was meinst du mit *Was machen wir jetzt?* Ich rufe jetzt die Polizei, Arschloch, es reicht!«
»Tu das bloß nicht! Es würde uns nicht gefallen, unser Leben lang in einer Zelle eingesperrt zu sein.« Seine Stimme klingt gnadenlos.
»Was meinst du mit *uns*?«
»Halt dein Maul und hör zu!«, mahnt Bens Stimme mich. »Die Leiche liegt in deinem Auto und du wirst höchstwahrscheinlich schon längst verdächtigt deinen sogenannten besten Freund ermordet zu haben. Es sieht nicht gut aus für dich. Denkst du im Ernst, die Bullen glauben dir nur ein einziges Wort? Sei nicht so naiv.«

»Aber …«
Die Stimme unterbricht mich. »Kein aber. Die Frage, die du jetzt stellen müsstest, ist: wie komme ich aus der Sache wieder raus? Das mit Dennis kannst du nicht abstreiten, vor allem, weil du abgehauen bist. Du könntest höchstens noch auf geistige Unzurechnungsfähigkeit plädieren. Was ja auch der Wahrheit entsprechen würde. Doch bisher gibt es noch keine Verbindung zu der toten Frau in deinem Kofferraum. Du musst sie verschwinden lassen!«
»Oh Gott, hilf mir, was soll ich nur tun?«, stammele ich vor mich hin.
Das Schlimme ist, dass Ben Recht hat. Das wird mir in diesem Moment klar. Der Mord an Dennis wird mir angelastet, und ich weiß nicht, ob ich jemals das Gegenteil beweisen kann. Im Moment jedenfalls nicht. Und jetzt auch noch diese fremde Leiche in meinem Wagen! Was soll ich machen? Zur Polizei fahren und denen sagen: „Da schaut, ich war das nicht"? Die lochen mich doch sofort ein und lassen mich nie wieder raus. Und dieser Penner, der mir die ganze Scheiße eingebrockt hat, ist dann längst schon über alle Berge. Verdammt! Er hat mich regelrecht in die Ecke getrieben, und lässt mich nicht mehr heraus.
Ich halte mir verkrampft den Kopf. Warum ausgerechnet ich? Wieso spielt Ben dieses Spiel mit mir? Ich muss das tun, was er mir sagt, ich habe gar keine andere Wahl. Ich bin der Stimme gegenüber machtlos.

»Du schaffst das, Dirk. Du musst nur einen klaren Kopf bewahren und genau meinen Anweisungen folgen.«
»Was soll ich denn deiner Meinung nach tun?«, frage ich die Stimme.
»Du musst von dir ablenken, das hier darf nicht mit dir in Verbindung gebracht werden. Ein anderes Tatmuster muss her.«
Da wäre ich ja nie von allein drauf gekommen, ein richtiger *Sherlock Holmes* der sich hinter dieser Stimme verbirgt – denke ich mir ironisch.
»Verstanden, und weiter?«
»Lass es wie eine Vergewaltigung mit anschließendem Totschlag aussehen. Bring sie und die Tatwaffe in den Wald, zerreiße ihre Klamotten. Keine Angst, auf Steinen und Stoffen findet man keine Fingerabdrücke, und die DNA-Partikel, die du hinterlässt, werden vom Regen irgendwann weggespült, glaube ich zu mindestens. Pass' auf, dass dich niemand sieht, packe sie am besten in eine Decke oder so ein. Beeile dich!«
Ich folge seinen Anweisungen. Weil ich keine Decke im Wagen habe, wickele ich sie in die Schonüberzüge der Autositze ein. Ich lege sie etwa zwei Kilometer von dem Parkplatz entfernt in dem angrenzenden Wald an der Autobahn ab. Ich zerreiße ihr das schwarze Top und danach den schwarzen Slip, der jetzt in Fetzen verstreut neben ihr liegt. Den blutverschmierten Stein platziere ich direkt neben ihrem eingeschlagenen Schädel.
Das Handy klingelt erneut.

»Na, war doch gar nicht so schwer, oder?«
»Ach, fick dich doch!«, sage ich voller Abscheu.
»Nicht so böse Worte, junger Mann, ich versuche dir zu helfen.«
»Mir helfen, dass ich nicht lache.«
»Eine Sache musst du jetzt noch machen.«
»Und was?«
» Fick sie.«
»Was?«
»Es soll doch wie eine Vergewaltigung aussehen, also braucht sie auch die entsprechenden Verletzungen. Also los, treib es mit ihr, und sei schön brutal, damit alles nachvollziehbar ist. Aber vergiss nicht, einen Gummi überzuziehen, damit du keine Spuren hinterlässt. Und denk' daran, das Kondom und die Überzüge wieder mitzunehmen.«
»Vergiss es!«
»Los nimm sie dir, gönn dir mal was, sie ist dir ausgeliefert. «
»Geht's noch? «
»Ich gebe zu, wenn sie noch warm wäre und eventuell etwas feucht, würde das mehr Spaß machen, aber in der Situation, in der du dich befindest, darfst du nicht wählerisch sein. Außerdem würde dir der Stressabbau gut tun, bevor du völlig ausflippst. «
»Das darf doch alles nicht wahr sein? Verdammt! «
»Jetzt fick das tote Stück Fleisch«, drängt er mich.
»Du bist krank! «

»Ja bin ich, und außerdem bin ich dein Spiegelbild.«
»Was? «
»Jetzt halt dein blödes Maul, und sehe zu, dass du es hinter dich bringst. Musst du dir denn immer selbst im Weg stehen?«
»Ich mach das nicht!«
»Jetzt fick sie, verdammt noch mal! Wir haben keine Zeit.«
»Nein, das mach' ich nicht!«
»Tu es!«
»Nein!«
»Los jetzt!«
»Niemals!«
»Mach jetzt!«
»No Fucking way«
»Gut, dann tu ich es halt.«
»Was?«

Flucht

Ich wache neben der toten Frau auf, die bis vor
kurzem noch in meinem Kofferraum lag. Ich muss
wohl ohnmächtig geworden sein.
Was ist passiert?
Ich bin nackt, und ein Sperma gefülltes Kondom
ist über meinen Schwanz gestülpt.
Ich hab es tatsächlich getan! Aber wie ist das
möglich?
Mir wird schlecht.
Ich muss weg von hier.

Ich reiße das Gummi von mir ab und ziehe mich hastig an. Die zwei Kilometer zum Wagen lege ich im Sprint zurück. Zwischendurch muss ich mich vor Ekel, es tatsächlich mit der Leiche getrieben zu haben, einige Male übergeben. Als ich ankomme, bin ich völlig außer Atem, doch an Ausruhen ist nicht zu denken, ich fahre ohne inne zu halten sofort los.
Nur weg von hier.
Ich fahre von der A671 auf die A66 Richtung Frankfurt. Ich finde noch ein Päckchen Zigaretten im Handschuhfach und rauche Kette. Ich bin jetzt seit über einer Stunde unterwegs, Frankfurt habe ich schon längst hinter mir gelassen. Ich weiß nicht, wo ich mich im Moment befinde, und es ist mir auch egal. Andere Verkehrsteilnehmer, Verkehrsschilder mit der vorgeschriebenen Geschwindigkeit und Warnhinweisen wie Gefälle, Steigung, Kurven, Bildtafeln, die die nächste Ausfahrt anzeigen, oder Hinweisschilder mit Kilometerangaben zur nächsten Tankstelle oder mit Frequenzen von hier empfang baren Rundfunksendern rauschen an mir vorbei, ohne dass ich sie wirklich wahrnehme.
Ich komme langsam zur Ruhe und beginne, die Gedanken in meinem Kopf sowie das Erlebte zu sortieren.
Erfolglos.
Ein dickes, fettes Fragezeichen macht sich in meinem Kopf breit. Wie konnte ich nur in solch einen Schlamassel geraten. Mir ist es unbegreiflich,

ich habe mich doch stets aus jeglichem Ärger herausgehalten.
Selbst Prügeleien in der Schule bin ich immer aus dem Weg gegangen. Und wenn ich doch in eine verwickelt wurde, dann war ich nie derjenige, der damit begann. Bis auf das eine Mal, als ich diesem deutlich körperlich unterlegenen Jungen die Beine wegtrat, und er daraufhin unschön mit seinem gesamten Körper auf den alten harten Steinboden in unserer Schule aufprallte. Weil er irgendein böses Gerücht über mich verbreitete, was nicht stimmte. Ich glaube, er erzählte, dass er mich dabei beobachtet hätte, als ich angeblich Selbstgespräche führte, oder irgendetwas in dieser Art.
Kurz nach dieser Tat balgten mich aber unglaubliche Gewissensbisse, die mir eine schlaflose Nacht bescherten. Am Morgen darauf, als ich in der Schule eintraf, suchte ich direkt das Gespräch mit ihm und entschuldigte mich für mein Verhalten. Bis auf diesen Vorfall, fällt mir nichts Weiteres ein, was ich jemals jemanden angetan haben könnte, noch nicht einmal üble Nachrede könnte man mir
nachsagen. Was mein Handy allerdings nicht zu interessieren scheint, denn es meldet sich schon wieder. Es zeigt erneut auf dem Display die Nummer von Dennis an. Diesmal habe ich nicht die Hoffnung, dass sich alles nur als ein derber Scherz entpuppt. Mir ist bewusst, wer sich am anderen Ende der Leitung verbirgt und dass er keine Ruhe geben wird, bis ich das Gespräch

annehme und mich dem stelle, was er mir zu sagen hat. Also nehme ich ab.
»Wenn ich dich erwische, dann werde ich dich töten«, ist das erste, was ich hasserfüllt zu ihm sage. Was mich selbst überrascht und ziemlich erschreckt. Die Worte, die ich soeben aussprach, gepaart mit dem begleitenden Gefühl des puren Hasses und der Abscheu, die ich empfinde, sind mir neu.
»Ja, Selbstmord wäre in deinem Fall eine Lösung, oder du hörst ab sofort auf mich und begehst keine Fehler mehr.«
Ich weiß nicht, was ich sagen soll, geschweige denn, was diese Aussage bedeuten soll. Die Gleichgültigkeit über das eben Gesagte ist so stark, dass ich nicht das geringste Verlangen habe, nachzuhaken, um damit Klarheit zu schaffen. Ich glaube nicht daran eine richtige Antwort zu erhalten.
»Du hast was bei deiner toten Gespielin vergessen.«
»Warum verpisst du dich nicht einfach?« Ich fühle mich am Ende meiner Kräfte. Das Maß dessen, was ich ertragen kann, ist längst schon überschritten. Was will dieser Kerl eigentlich schon wieder von mir - was sollte ich denn vergessen haben? Meinen gesunden Menschenverstand? Das wäre doch mal etwas. Ich schätze, dass ich ihn schon viel früher verloren habe, aber jetzt brauche ich nur umzukehren und ihn einzusammeln. Er liegt da irgendwo herum.

Irgendwo bei meiner "toten Gespielin". Ich umklammere das Lenkrad und spüre, wie mein Gesicht in einem zynisch-resignierten Lachen entgleist. Obwohl ich mit achtzig Stundenkilometern unterwegs bin, sinkt meine Stirn allmählich nach vorn bis ich das kühle Lederimitat, mit dem der Lenker überzogen ist, spüren kann. Ich stehe kurz davor herzhaft in das Lenkrad zu beißen, und den abgenutzten Knauf meiner Gangschaltung abzureißen.
»Hörst du mir überhaupt zu? Du hast einen gravierenden Fehler gemacht.«
»Und was? Was verdammt nochmal? Was soll ich denn falsch gemacht haben, du Stück Scheiße?«
»Das Kondom, du hast es nicht mitgenommen ... Glückwunsch, du hast deine DNA zurückgelassen, ein besseres Beweismittel gibt es wohl kaum. Jetzt wird dir auch noch diese Tat angelastet. Kannst du denn gar nichts richtig machen?«, fragt mich die Stimme höhnisch.
Kannst du denn gar nichts richtig machen? Wie ich diesen Satz hasse! Er begleitet mich schon mein ganzes Leben. Immer wieder bekam ich diesen Satz zu hören. Von meinem Stiefvater, meinen Lehrern, oder von meinem Ausbildungsleiter in meiner Lehrzeit als Hörakustiker. Egal, was ich auch tat - es war immer falsch! Es war falsch oder konnte besser gemacht werden oder ... es war, verflucht nochmal alles - aber niemals war es richtig. Mögen sie alle in der Hölle schmoren!

Ich spüre, wie die Übelkeit wieder in mir hochsteigt.
Eine Raststätte.
Meine linke Hand wandert zum Blinker, doch ich lasse sie wieder sinken. Das Letzte, was ich jetzt gebrauchen kann, ist eine abgerissene Bande Hamburger fressender Gaffer, für die jeder "Neuankömmling" so etwas war wie Event-Kino, dessen Leinwand angestarrt wurde. Alles Mitläufer und Besserwisser. Verräter! Verräter waren es alle - genau darauf lief es hinaus: Hallo Leichenschänder! Wir sehen alles! Noch ein Biss in unseren Burger, und wir kennen deine verfluchte, beschissene Vergangenheit! Schwere Kindheit? Na klar, das sehen wir dir an der Nasenspitze an! Ich bekomme Lust darauf, eine Vollbremsung einzulegen und doch noch auf diesen Rastplatz zu fahren. Ich bekomme Lust, der nächstbesten Glotzer Bande ins Gesicht zu schreien "Hängt eure dreckigen Visagen woanders hin, ihr scheinheiliges Drecksvolk!". Ich bekomme Lust darauf, auf sie zuzugehen und zu beobachten, wie ihr verblödetes Grinsen verschwindet, wie sie enger zusammenrücken, wie die Frauen aus der Bande zu den Dreckskerlen sagen: "Komm, weg hier! Der ist doch wahnsinnig!".
Ganz genau!
Wahnsinnig! Das bin ich. Sie haben Recht. Und während ich auf sie zugehe, packe ich meinen Schwanz aus, aber diesmal ohne Kondom. Damit sie es nicht vergessen können. Diesmal mach ich es

RICHTIG, so wie es Bens Stimme von mir will. Ich bekomme Lust darauf, meinen Wagenheber, der im Kofferraum liegt, in die Hand zu nehmen und die Burger Fresser damit hinzurichten. Und danach würde ich mir die greinenden Schicksen vornehmen, oh ja! Ich bekomme Lust darauf. Mordlust!
Es ist ja schon so lange still. Wo bleibt denn der nächste Kommentar des höhnischen Allwissenden? Wartet Ben etwa auf etwas Neues? Hat er etwas gefragt während ich mich meinem Kopfkino hingab, und ich hab nicht zugehört? Kann ich denn endlich irgendetwas richtig machen? Genau – das war seine Frage gewesen. Seine ...
Aber WIESO? Wieso – in Dreiteufelsnamen – weiß er das alles?
Der Rastplatz rast rechts an mir vorbei. Ein Glück für die fetten Bürgerfresser und ihre Mistschachteln von Freundinnen. Sie dürfen noch ein bisschen weiterleben. Und das, ohne von mir geschändet zu werden. Als Leichen, versteht sich. Was für eine Verschwendung ...
»Woher *weißt* du das alles?«, flüstere ich irgendwann in mein Telefon. Ich lausche meiner eigenen Stimme nach. Ich spüre, wie jedes Wort in einer unergründlichen Schwärze in der Mitte meines Kopfes versickert. Und jetzt schreie ich – wie ein Wahnsinniger der kurz vor seinem eigenen Nervenzusammenbruch steht: »Beobachtest du mich, du verdammtes Mistschwein?«

Ich schwitze. Der Schweiß läuft mir in die Augen. Das Brennen lässt mich für einen Moment meine Übelkeit vergessen. Ich wische ihn mit dem rechten Ärmel weg, so gut es geht. Ich presse meine Augenlider mehrmals stark zusammen. Jetzt sehe ich wieder etwas klarer. Meine rechte Hand rast zum Lenkrad zurück. Der Wagen befindet sich bereits über dem rechten Begrenzungsstreifen, ich lenke ihn wieder in die Spur zurück. Mir scheint es, als würde er mir sagen: Hallo, ich bin dein Begrenzungsstreifen! Nicht *irgendein* Begrenzungsstreifen, sondern - ganz richtig - deiner! Natürlich, Dummkopf, ich gehöre dir nicht - vielleicht ist es eher umgekehrt -, aber ich zeige dir etwas. Du unterschreitest den Abstand. Den Abstand zur Leitplanke, den Abstand zum Unfall, den Abstand zu deinem Ende. Na gut, du könntest aber auch Glück haben. Vielleicht würdest du mit ein paar Schrammen davonkommen - oder dein Wagen. Dann wären die Schrammen an der Leitplanke der Zeuge deiner Vergangenheit - die Schrammen an deinem Wagen natürlich auch. Aber die sind nichts - GAR NICHTS - im Vergleich zu den Schrammen an der Leitplanke! Denn die würden bleiben. Sie bleiben wie eine Leiche, die irgendwo hinter dir im hohen Gras liegt. Aber die Schrammen an DIR - pardon, an deinem Wagen -, die sind das, was eigentlich zählt. Sie sind das, was interessant ist. Sie sind farblos, und sie zeigen das rohe Blech, aber an der Leitplanke - eingebrannte Hinterlassenschaft

deines elenden Schicksals - sieht man deine Farbe.
Dein Sperma. Deine DNA! Und dann werden sie
nach dir suchen. Sie werden dich verfolgen. Jagen.
Dir solange nachstellen, bis man dich endlich zur
Strecke gebracht hat, und warum?
Warum? Ich beginne zu frieren, ich schüttele mich,
aber so sehr ich mich auch schüttele, es gelingt mir
nicht, diese Frage abzuschütteln, diesen Klotz am
Bein, dieses verdammte Beweisstück. Warum?
Weil ich einfach nichts richtig machen kann. Weil
ich nie richtig zuhören kann? Weil ich den
Begrenzungsstreifen missachte. Weil ich immer
wieder vergesse, dass es *nur einen* gibt, der alles
über mich weiß, der mich fest in seiner Hand hält
und mich nach Belieben bedient wie eine
Marionette? Aber wie gelingt ihm das? *Woher* weiß
Ben das alles?
Ich bemerke, dass das Radio eingeschaltet ist. Es
muss schon die ganze Zeit an gewesen sein, doch
es ist mir nicht aufgefallen. Vielleicht habe ich
auch einfach nur vergessen, dass es schon die
ganze Zeit an ist. Ganz leise, aber doch hörbar. Die
Pixies laufen und sie stellen die Frage: *Where is my
Mind?* - Passt ja irgendwie.
Ich friere jetzt noch mehr. Ein eiskalter Schauer
läuft mir über den Rücken. Ich beginne
unwillkürlich in den Rückspiegel zu schauen.
Verfolgt mich jemand? Die hintere Sitzbank ist
leer, genauso wie die Fahrbahn. Nur Leere ist auf
der dahinrasenden Straße, die in der Fläche des
Innenspiegels verschwand, zu sehen. Nur düstere

und geheimnisvolle Leere, in der sich irgendetwas verbirgt. Es läuft mir hinterher, Jagd mich, weiß immer, wo ich gerade bin. *Etwas*? Oder *er*? Er - der in meinem Handy lauert, von dessen Stimmbändern Blut troff - der stets und ständig wusste, wo ich mich befand und was ich tat. Er beobachtete mich. Es konnte nicht anders sein. Ich schwitze noch mehr, lausche angestrengt in die Schwärze der Nacht. Ich wiederhole meine letzte Frage. Nur in Gedanken.
Und ich erhielt eine Antwort.
»Natürlich beobachte ich dich die ganze Zeit, denn wir sind immerhin ...«
Ich unterbreche Ben bevor er den Satz vollendet:
»Hör auf, das ständig zu sagen, wir sind nicht dieselbe Person, du willst mir das alles nur anhängen, das ist nur eine Falle ...«
Jetzt unterbricht er mich.
»Eine riesige Verschwörung? Wie bei *Akte X* oder *Chuck*? Oder aus sonst irgendeiner TV-Serie, die du dir immer anschaust?«
»Wenn es dir hilft, dann sieh' mich doch einfach als deinen dunklen Begleiter an, wie bei es bei der Serie *Dexter* der Fall ist.«
Diese Antwort bringt mich zum Verstummen. Die Worte, die ich soeben hörte, dringen wie aus der fernen Vergangenheit eines längst vergessenen Traums in mein Bewusstsein ein. Wie ein schleichendes Gift, das sich nach und nach aus einem Wattebausch absondert, tropfen sie in meine Gedanken. Ich fühle mich wie gelähmt, während

die leere Fläche der Straße unter mir dahinflog. Die Unendlichkeit eines ganzen Universums, wie zum Hohn begrenzt durch einen Seitenstreifen, den ich jederzeit überfahren kann. Ich starre hinaus in die rasende Leere. Fast habe ich den Eindruck, eins mit ihr zu werden. Die Begrenzungslinie verhöhnt mich mit ihrer Überfahrbarkeit. Gibt es die Unendlichkeit nur deshalb, weil das Ende zu jeder Zeit schon in uns ist?
In mir?
Am liebsten würde ich aus mir herausschlüpfen, um für ein wenig Distanz zwischen mir und meinen Gedanken zu sorgen.
Woher weiß dieses Arschloch, was für Serien ich mir ansehe? Wieso habe ich ihn nie bemerkt? Ist er von der NSA? Oder hat die ISIS ihre Finger in Spiel? Vielleicht hat er versteckte Kameras und Wanzen in meiner Wohnung montiert. Oh bitte Gott, lass es so gewesen sein, und lass die Polizei sie finden, wenn sie meine Wohnung durchsuchen, damit sie merken, dass etwas faul an dem Ganzen ist und ich nicht der Killer bin, sondern nur der vermeintliche Sündenbock.
Mein Blick fällt auf die Benzinanzeige. Nur noch ein viertel voll, es dauert nicht mehr lange und der Reservetank ist erreicht. Ich könnte noch eine Zeit lang weiterfahren. Aber nicht ewig.
Ewig - was für ein Wort. Wie lange ist eigentlich *ewig*? Vielleicht weiß die Fahrbahnbegrenzung in ihrem unschuldigen Weiß mehr darüber? Hat sie eigentlich einen Anfang - oder ein Ende? Oder

läuft sie am Ende wieder in sich selbst zurück?
Eine rasende, weiße Schleife, um ihre Betrachter in den Wahnsinn zu treiben ...
Für einen Moment überlege ich, nach Hause zu fahren, um nachzusehen, ob die Polizei vielleicht bereits eingetroffen ist. Es wäre noch genug Benzin im Tank. Vielleicht kann ich der Polizei noch zuvorkommen und die Wanzen und Kameras selbst aufstöbern? Vielleicht ...
Wieder fällt mein Blick auf die Tanknadel. Ihr Rot beginnt ganz leicht damit, eigenartig zu pulsieren. Gleichzeitig scheint es, als würde sie irgendwie ihre Form verlieren. Mein Blick wird von ihr abgelenkt, fokussiert sich regelrecht zwanghaft auf etwas anderes. Das pulsierende Rot der Nadel will sich vollständig auflösen.
Und plötzlich weiß ich schlagartig, warum.
Ich lege das Handy in meinen Schoß und sehe auf meine Hände. Ich halte nicht länger das Lenkrad fest. Ich halte sie mit weit voneinander gespreizten Fingern vor mich hin. Über jeden Finger ist ein leuchtend rotes Kondom gestülpt. Blut fließt unter jedem einzelnen hervor. Im Hintergrund höre ich ein kaum wahrnehmbares Geräusch - das Summen von Kameras. Summen moderne Minikameras überhaupt? Die Kondome ziehen sich plötzlich brennend heiß über meine Fingern zusammen, während das Blut weiterhin durch Ritze aus meiner Haut quoll. Die Kondome pumpen sich auf, werden langsam aber stetig immer dicker. Ich

drehe meine Hände um, so dass ich auf ihre Innenseiten sehe.
Etwas fehlt!
Ich suche vergeblich nach der Lebenslinie.
Doch sie ist nicht das Einzige was fehlt. Die Haut an beiden Händen ist völlig glatt. Ich verfalle in Panik und versuche, das Kondom von meinem rechten Zeigefinger zu reißen, doch ich rutsche immer wieder von seiner glatten, pulsierenden Oberfläche ab. Glatt? Völlig glatt! So glatt wie meine Haut!
Keine Lebenslinie.
So rot wie die Nadel.
Keine…
Fingerabdrücke!
Das Kondom über meinem rechten Zeigefinger platzt auf. Fieberhaft suche ich nach den natürlichen Falten in meiner Haut, doch alles ist blutverschmiert, ich kann nichts sehen.
Was, wenn die Kameras und Wanzen übersät sind mit meinen eigenen Fingerabdrücken?
Hilflos versuche ich, den Gedanken zum Schweigen zu bringen. Doch kaum, dass er schwieg, steigt der Schrei eines neuen, noch viel schlimmeren Gedankens, in mir auf. Was, wenn es überhaupt keine Fingerabdrücke gäbe?
Es wäre ebenso gut, als gäbe es absolut nur meine. Ich würde … einfach der Linie folgen. Der weißen Linie auf der Straße, die …
vor meinen Augen in einem grellen Weiß explodiert, so als bestünde sie plötzlich aus

brennendem Napalm. Unwillkürlich reiße ich meine Hände nach oben und pralle mit meiner rechten von unten mit voller Wucht gegen das Lenkrad. Ein gellendes Geräusch zerreißt meine Gedanken und lässt Dunkelheit in das Weiß fließen, während ein glühender Schmerz aus meiner rechten Hand bis zur Schulter hinaufschießt. In meinem Augenwinkel sehe ich, wie die rechte Leitplanke, gegen die ich beinahe gefahren bin, sich wieder von mir entfernt. Benommen fühle ich, wie ich mit der Linken instinktiv das Lenkrad umklammere. Das Geräusch, das unterbrochen worden ist, erklang jetzt dicht an meinem linken Ohr, ein weißer Blitz schießt aus dem Seitenspiegel in mein Sichtfeld und blendet mich. Etwas Gewaltiges schießt an mir vorbei. Der Fahrtwind rast wie der heftige Todesatem gegen die Seite meines Fahrzeuges, und ich trete unwillkürlich mit voller Kraft die Bremse durch. Aber es ist kaum ein Rucken zu spüren. Ich stehe auf der Stelle. Mitten auf der Fahrbahn.
Vor meiner Windschutzscheibe verglühen die Rücklichter des LKWs, der mich beinahe gerammt hätte und nun auch steht. Erst ganz allmählich wird mir bewusst, was geschehen ist. Mein Fuß war vom Gaspedal gerutscht, und ich habe davon nichts mitbekommen. Mitten auf der rechten Spur der Autobahn stehe ich jetzt.

Ein Glück, dass kein starker Verkehr herrscht, ansonsten wäre ich schon längst zu einem Streifen aus Blut und Blech geworden.
Auf einen Schlag erwache ich aus meinem Tagtraum. Ich zünde den abgestorbenen Motor und kümmere mich nicht weiter um den beteiligten LKW-Fahrer, sondern gebe einfach Vollgas, um so schnell wie nur möglich von hier wegzukommen. Wenig später steuere ich den Seitenstreifen an, und dort angekommen bremse ich so sanft ab wie möglich, bis ich den Wagen zum Stillstand bekomme. Ich stelle den Motor ab und bleibe einige Minuten vollkommen starr sitzen. Ich blicke auf meine Hände. Sie sind totenbleich und zittern derart stark, dass es mir nicht gelingt, sie zur Ruhe zu bringen. Ich friere und schwitze zugleich, aus meinen Beinen weicht sämtliche Kraft. Ich kurbele das Fenster nach unten, um die kalte, klare Luft ins Innere meines Fahrzeugs strömen zu lassen. Tief ein- und ausatmen, sage ich mir immer und immer wieder. Nach einer knappen halben Stunde habe ich das Gefühl, wieder vollkommen bei mir zu sein. Ich bemerke, dass mein Handy von meinem Schoß in den Fußraum des Wagens heruntergefallen ist. Hatte ich nicht telefoniert während der Fahrt? Ich glaube schon. Vielleicht sollte ich das in Zukunft lassen, wenn ich beim nächsten Mal nicht nochmal von der Fahrbahn abkommen will. Es ist ja nicht ohne Grund verboten, während des Fahrens zu telefonieren. Ich lasse meine linke Hand

herabsinken und taste nach meinem Handy. Es ist zwischen Sitz und Fußboden gerutscht. Mit spitzen Fingern ziehe ich es hervor und sah auf das Display. Es ist aus, der Ausgangsbildschirm leuchtete mir blau entgegen, als ich willkürlich eine Taste drücke. Mit wem hatte ich eigentlich gesprochen?
Ich fange an über mich selbst zu lachen. Mit wem ich gesprochen hatte? War das nicht völlig uninteressant? Ich lebe noch, und nur das ist es doch, was eigentlich zählt, oder?
Auf dem Display meines Handys erlischt das Blau, als es sich wieder in den Standby-Modus schaltet. Ich lebe, egal wie und egal wo. Und nur das zählt. Worüber beschwere ich mich eigentlich?
Das Display meines Handys flammt in gleißendem Blau auf, als der Rufton zur wahrnehmbaren Realität wurde. Die Rufnummer von Dennis wird angezeigt. Ich halte es wieder an mein linkes Ohr. Ich höre eine Stimme. Eine bekannte Stimme. Die Stimme von Ben.
»Über was beschwerst du dich eigentlich? Dein Leben war vorher die pure Langeweile, und jetzt geht es endlich mal so richtig ab, so wie in deinen Lieblingsserien.«
Ich habe es doch tatsächlich für einen Moment geschafft, die Stimme komplett zu vergessen, und war im Glauben, dass alles gut sei. Dass nie etwas von dem Geschehen war. Dass ich nur großes Glück hatte einen Beinahe-Unfall zu überleben, und jetzt ganz normal weiterleben kann.

»Warum kannst du mich nicht einfach in Ruhe lassen«, frage ich die Stimme anmahnend.
»Wieso sollte ich? Seitdem ich da bin, fühlst du quasi zum ersten Mal, dass du lebendig bist. Nicht so wie gerade eben, bei deinem kleinen lächerlichen Beinahe-Crash. Und ich rede auch nicht von deinen Angstzuständen, die du immer bekommst, wenn du einer Konfrontation jeglicher Art ausgesetzt bist. Merkst du denn nicht, dass es diesmal anders und neu ist? Und dass es dir insgeheim gefällt? Doch du sträubst dich mit aller Macht dagegen und willst es dir nicht eingestehen. Warum eigentlich?«
»Gib doch endlich Ruhe«, flehe ich ihn an. Ich petze meine Augen fest zusammen und eine Träne läuft mir die Wange herab.
»Wieso, weil ich Recht habe?«
»Sei Still!«, befehle ich, während ich meine tränenfeuchten Augen wieder öffne.
»Dirk, du brauchst mich.«
»Ach ja?«, antworte ich, und schmeiße das Handy aus dem Wagen. Ich kurble hastig das Fenster nach oben, starte den Motor und trete das Gaspedal durch.
»Endlich Ruhe.«

Und nun ... ?

Ich parke auf einer Raststätte, die sich kurz vor Kassel befindet.

Ich sitze in meinem Wagen und genieße die Ruhe, während ich das Geschehen auf der Raststätte beobachte und meine letzte Zigarette rauche. Das Radio ist aus, und die Fenster sind geschlossen. Mir gelingt es, den Krach, der von draußen gedämpft zu mir hinein dringt, zu ignorieren.

Ich brauche einen Plan. Einen guten Plan, mit dem ich es schaffe, alles aufzuklären und meine Unschuld zu beweisen. Sie suchen bestimmt schon nach mir, und wenn sie mich finden, ist alles zu spät, sie werden mir kein Wort glauben und mich gleich wegsperren. Ich muss mein Auto loswerden, sie werden bereits danach fahnden, außerdem fährt der Wagen mittlerweile mit dem Reservetank, und da ich meine Brieftasche in meiner Wohnung vergessen habe, bin ich nun zu allem Überfluss auch noch pleite. Na ja, bis auf die knapp zehn Euro, die ich in meinem Wagen gefunden habe. Anstatt die paar Euro in Benzin zu investieren, sollte ich lieber etwas essen und vielleicht reicht es ja auch noch für eine Schachtel Kippen. Bleibt nur die Frage, wie ich jetzt von hier wegkomme, und wo ich hin soll. Ich werde Hilfe brauchen, aber von wem? Wer hilft schon einem, der des Mordes verdächtigt wird und auf der Flucht ist.
Ich kann nur hoffen dass mein Gesicht oder eine Beschreibung meiner Person noch nicht durch die Medien gegangen ist, das würde es mir nur umso schwerer machen von hier mitgenommen zu werden. Aber wo soll ich hin und zu wem?
Ich brauche jemanden, der mich kennt, jemanden, der mich am besten schon sehr lange kennt, und der weiß, dass ich zu so etwas niemals imstande wäre. Jemanden, dem ich vertrauen kann, und der auch mir vertraut, der meine Worte nicht

anzweifeln und mich nie der Lüge bezichtigen würde.
Die einzige Person, die mir einfällt ist Rita. Wir waren bis vor kurzem noch ein Paar, gut, sie hat mich zwar bei unserem letzten Gespräch einen Lügner genannt, aber da ging es um etwas anderes. Nicht um einen angeblichen Mord, den ich begangen haben soll. Ich weiß, dass sie mir glauben wird. Immerhin kennen wir uns bereits seit unserer Kindheit. Ich weiß noch genau, wie wir uns kennengelernt haben, es war in der Grundschule, ich war in der zweiten Klasse und sie in der dritten. Eines Tages hatte ich Ärger mit einem Viertklässler, der mir in der großen Pause mein Achter-Pack Knoppers gestohlen hat und zu allem Überfluss noch mein Sandwich in den Dreck geworfen hat. Ich hatte eine ziemliche Angst vor diesem Typen, immerhin war er ganze zwei Köpfe größer als ich und auch doppelt so schwer. Trotz allem wollte ich mein Sandwich nicht kampflos aufgeben. Auch wenn ich mich stets aus allen Prügeleien heraushielt, bis auf das eine Mal, beschloss ich mich meiner Angst zu stellen. Und was man auch nicht vergessen darf: Ich hatte Hunger, verdammt!
Meine Mutter hatte mich am Abend zuvor ohne Essen ins Bett geschickt, weil ich frech zu ihr war, und Frühstück gab es auch nicht, weil ich verschlafen hatte. Und jetzt das. Ich hatte die Nase gestrichen voll. Angestachelt durch meinen unglaublichen Hunger, der ja bekanntlich einen in

eine andere Person verwandeln kann, stellte ich mich ihm zum Kampf. Nachdem ich aber mindestens sechsmal in den Dreck geworfen wurde, beschloss ich, lieber liegen zu bleiben und weiter zu hungern, anstatt noch mehr Prügel zu kassieren. Doch dann kam Rita, die dem Typen von hinten in die Eier trat. Während er mit schmerzverzerrtem Gesicht in sich zusammensackte und dabei Laute von sich gab, die ich noch niemals zuvor gehört hatte, nahm Rita ihm mein Sandwich ab, half mir auf die Beine und überreichte mir mein Essen. Ich verliebte mich auf der Stelle in sie.

Ich konnte mich für ihren selbstlosen Einsatz auf dem Schulhof Jahre später gewissermaßen auch revanchieren, als ich sie vor dem Ertrinken in einem Badesee rettete. Leider traute ich mich nie, ihr meine Liebe zu gestehen. Und so wurde ich zum "allerbesten Freund". Ich wurde geFRIENDZONED!

Worüber ich alles andere als glücklich war, besonders wenn sie gerade einen festen Freund hatte. Aber ich dachte mir: "Scheiß drauf, besser als gar nichts". Und wenigstens war ich dadurch immer in ihrer Nähe. Da ich mich nie traute, irgendwelche Annäherungsversuche bei ihr zu wagen, ging sie sogar eine Zeit lang davon aus, dass ich schwul sei.

Wir durchlebten alles miteinander, was das Erwachsenwerden mit sich brachte, auch wenn manches davon sich recht einseitig gestaltete. Wir waren immer füreinander da, egal ob sie jetzt von irgendeinem Kerl (meistens Arschlöcher, naja, eigentlich immer) verlassen wurde oder ich von irgendeinem Mädchen, an denen nie mein wirkliches Interesse bestand. Ich wollte eigentlich immer nur sie. Und dann, vor zwei Jahren, geschah es. Mein sehnlichster Wunsch erfüllte sich, als ich kaum mehr damit rechnete:

Rita war seit längerem wieder Single, und ich arbeitete zu jenem Zeitpunkt ziemlich hart daran, ihr Freund zu werden - jedenfalls was diesen damaligen Morgen betraf.
In der Nacht zuvor war ich zu Gast auf der Geburtstagsparty meines Arbeitskollegen gewesen. Es war mitten in der Woche, doch wir hatten
Betriebsurlaub. Was mir zwischen den Jahren nur recht war, schließlich wollte ich anständig Silvester feiern. Da konnte es nicht schaden, sich rechtzeitig mit einer kleinen Geburtstagsfeier einzustimmen. Aber wie sich zeigte, war sie gar nicht so klein. Oh nein! Sie war wirklich groß. Riesengroß. Ganz gewaltig, um genau zu sein. Und da mein Freund im Haus seiner verreisten Eltern auf einem riesengroßen - nein, gewaltigen - Grundstück feierte, ging auch ebenso gewaltig "die Post ab", wie es ja so schön heißt.
Kurz nach Mitternacht lagen die ersten Schnapsleichen im Garten herum. Ein ganzes Bataillon gasbefeuerter Riesenheizstrahler sorgte

dafür, dass sie mitten im Winter nicht erfroren. Wem das noch nicht heiß genug war, der konnte jederzeit die Augen aufschlagen und sich am Anblick von "Party-Peggy" (die olle Wucht – Brumme) erfreuen, die barbusig auf irgendeinem Tisch herumtorkelte und Tequila aus der Flasche trank. Ihre geschätzten hundert bis Hundertzwanzig Kilo, die sich auf einem circa ein Meter fünfundsechzig großen Körper verteilten, wirkten schon beinahe hypnotisch. So wie eine Lavalampe.
Mein Arbeitskollege hielt sich mit Mühe bei Bewusstsein und ging immer wieder "Leichen gießen". Jedenfalls nannte er es so (er war schon ein ziemlicher Depp), wenn er die herumliegenden Schnapsleichen besorgt abschritt und gewissenhaft prüfte, ob sie noch mit den Lippen schlabberten, sobald er ihnen aus einem Fünf-Liter-Krug einen bemessenen Schwall Stroh Rum in die Münder goss. Einige Gäste sind irgendwann gegangen, ein paar andere, meistens Paare, hatten sich irgendwie über das gesamte Anwesen und das Haus verteilt. Ich selbst hing ziemlich leblos auf einer Campingschaukel und näherte mich allmählich der Ohnmacht, als mein Freund einen Elektroschocker neben mein Ohr hielt und ihn aktivierte. Er berührte mich nicht mit dem Ding, aber das scharfe, laute Schnarren ließ mich für fünf Sekunden aus meiner Lethargie hochfahren. Mein Arbeitskollege ließ sich neben mir auf die Schaukel fallen. Auf der anderen Seite des Freiluftgeheges

für Vollalkoholiker fiel "Party-Peggy" von ihrem Tisch und landete im aller äußersten Wirkungsbereich eines der Heizstrahler in einem scheinbar für sie maßkonfektionierten Kompostbottich. Das Ding war riesig. Ich registrierte alles durch einen dichten, hochprozentigen Nebel, während mein Lachreflex in demselben Moment ertrank, indem er die Bahn brechen wollte. Mein Arbeitskollege ging kurz hinüber zu dem Kompostbottich und goss völlig ungerührt seinen obligatorischen Schwall Stroh Rum hinein. Dann starrte er eine Weile in den Bottich, sah dann kurz zu mir hinüber, dann wieder in den Bottich, nickte zufrieden und kehrte erneut zu mir und der Schaukel zurück. Ich sah in das Gesicht meines Kollegen, der mir auffordernd die Rumkaraffe hinhielt. Die riesige Rumkaraffe. Ob ich davon trank, weiß ich heute nicht mehr. Das Letzte, an das ich mich noch erinnern konnte, bevor ich am anderen Vormittag in meinem Bett wach wurde, waren gelbe Lichter. Ein Taxi, glaube ich heute, wenn ich so daran zurückdenke. Gelbe Lichter und irgendetwas Weiches. Etwas Weiches, aber auch verdammt Großes. Geradezu gewaltig. Mein Schädel brummte, als ob er mit einem Presslufthammer bearbeitet worden wäre. Angestrengt presste ich beide Handflächen auf die pulsierende Stirn. Ich verzog das Gesicht, während ich rieb und gleichzeitig drückte. Es war furchtbar. Ich streckte beide Arme mit willentlicher Anstrengung zur Zimmerdecke aus. Meine

Schultergelenke knackten, als ob sie aus morschem Holz bestünden.
Grauenhaft!
Aber lange noch nicht so grauenhaft wie das Klatschen. Das Klatschen, als ich meinen rechten Arm seitwärts nach unten fallen ließ, und der erstickte Schmerzensschrei, der ihm folgte. Ich zuckte zusammen, mein Kopf fuhr nach rechts, und da sah ich es. Nein - ich sah *sie*! Party-Peggy, und sie trug noch immer keinen BH. Wie war so etwas bloß möglich?
Ruckartig schnellte ich in eine aufrechte Position. Ich sah an mir herab und es wurde noch schlimmer. Ich war nackt!
Na ja, fast nackt, die Schuhe hatte ich noch an, was das Ganze allerdings keinen Deut besser machte. Ich keuchte fassungslos zu mir selbst: »Ich habe es mit dieser dicken Frau getan.« Dann biss ich mir in meine geballte Faust. Mich überkam ein eiskalter Schauer der Ekelhaftigkeit. Und dann meldete sich mein Kreislauf. Während mich die Kraft verließ, und ich auf die Matratze zurückfiel, sah ich noch, wie eine nicht unerhebliche Hinterlassenschaft des Kompostbottichs in Peggys wirren, gekräuselten Haaren gastierte. Ich schätzte ihr Gesicht auf ungefähr fünfunddreißig Jahre, ihre monströsen Möpse schätzte ich auf ungefähr zehn Pfund (das Stück), und das, was sie mir ins Ohr säuselte, schätzte ich gar nicht!
»Na, mein Großer, gut geschlafen?«

O Gott, ich war in diesem fetten Weibsstück drin gewesen.
EKLICH!
Ihr Atem roch wie eine Schnapsbrennerei. Meiner roch vermutlich nicht anders, aber immerhin hatte ich meine eigene Schnapsbrennerei nicht in einem Komposthaufen errichtet. Ich wollte aufstehen, konnte aber nicht. Ich keuchte vor mich hin während ich sie wie erstarrt ansah, und erst nach mehrmaligen Anläufen gelang es mir folgende Worte zu formen: »Geh weg.«
Sie sah mich verdutzt an und meinte so etwas wie: »Was ist denn los, mein Süßer? Ich bin es doch nur, die Peggy.«
Das Entsetzen stand mir ins Gesicht geschrieben und ich stieß ein: »Oh Gott!« aus. Dann drehte ich meinen kompletten Körper zur linken Seite des Bettes, und hing meinen Kopf über die Bettkante hinaus und fing an zu würgen, erbrach mich aber nicht. Als ich meinen Schlafzimmerboden sah, fragte ich mich verdutzt, wie ich nach Hause gekommen bin. Ich schaute über die Schulter und sah Peggy. Und wie kam die zu mir nach Hause? Ich rieb mir angestrengt durch die Haare. Ich hatte am Vorabend definitiv zu viel getrunken. Ich drehte mich zu Peggy hin.
»Verpiss dich aus meiner Wohnung!« Ich hatte so laut geschrien, dass ich den Spiegel im Schlafzimmerschrank singen hörte.
»Was?« Na endlich - was immer sich da noch unter der Decke rechts von mir verbarg, jetzt war es

wach. Und zwar richtig. Es sprach sogar. »Aber - aber wieso, was ist denn ...?«
Meiner Kehle entfuhr ein infernalischer Wutschrei. Ich drehte den Kopf nicht, ich schrie gegen die Zimmerdecke. Speichel sprühte von meinen Lippen nach oben. »Schnall' dein Geschirr an, du fette Schlampe, und mach', dass du endlich hier rauskommst!«
Sie starrte mich an. Ich spürte dieses Starren, ich konnte ihre geistige Paralyse regelrecht körperlich spüren. Ich sah nach links. Und ergriff meine Nachttischlampe und gab ihr damit zu verstehen dass ich es ernst meine, als ich mich mit dieser im Bett bedrohlich aufbaute. In meinem Leben hatte ich mich schon über vieles gewundert, aber zu den Dingen, über die ich mich am meisten wunderte, gehörte zweifellos die erstaunliche Tatsache, wie man Peggy in so kurzer Zeit auf eine derartige Geschwindigkeit bringen konnte. Ich sah noch, wie die Bettdecke hochflog, als sie sich wieder senkte, war ich alleine in meinem Schlafzimmer. Gleich darauf hörte ich das Schlagen der Wohnungstür. Mein Griff um meine Nachttischlampe lockerte sich vorsichtig.
Ich dachte schon, dass wieder Ruhe eingekehrt wäre, als es plötzlich schellte. Mit einem Fluch auf den Lippen schnellte ich vom Bett hoch. Es half offenbar nichts. Es war immer dasselbe. Es genügte nicht, wenn man etwas sagte, es genügte auch nicht, wenn man schrie. Nein, man musste ...
Ich war gespannt, was es diesmal wäre. Ich ging

zur Tür und betätigte den Knopf der
Gegensprechanlage.
»Was?«, zischte ich gefährlich leise in die
Plastikritzen.
Ein Zögern. Dann ihre Stimme. »Meine
Handtasche! Könnte ich vielleicht ...«
Mein Daumen rutschte vom Plastikknopf. Ich ging
ins Schlafzimmer und auf die andere Seite des
Bettes. Die Fensterseite. Da lag sie. Ein billiges
Louis Vuitton Imitat. Ich nahm sie vom Boden auf,
dann öffnete ich das Schlafzimmerfenster.
Ich sah nach unten.
Ihre Intuition schien Peggy nicht im Stich gelassen
zu haben, denn jetzt kam sie auch schon aus dem
Hauseingang hervor und spähte scheu nach oben.
Irgendwie hatte sie es geschafft, sich auf dem Weg
etwas anzuziehen. Von oben sah sie aus wie ein
brauner Schurwollwickel, in dessen Mitte ein
Wagenrad großer Halsausschnitt freigelassen
worden war, da der Schneider in plötzlicher
Erwartung dessen, was unterhalb des Halses
käme, einfach aufgehört hatte, weiter an einem
Rollkragen zu nähen, da er die Wolle woanders
benötigte. Die Handtasche hatte sich schon längst
auf den Weg aus der dritten Etage hinab zu ihrer
Besitzerin gemacht.
Grob gesehen jedenfalls, denn mein Wurf verfehlte
sein eigentliches Ziel um knappe zwei Meter.
Gerade wollte ich mein Fenster wieder schließen,
als ich sah, dass der Flug der Tasche abrupt
stoppte, lange bevor sie auf dem Boden aufschlug.

Peggys Titten wippten in der Draufsicht in
Richtung ihrer Tasche. Hatte die Frau etwa auch
einen Airbag? Sie schwebte sogar in der Luft.
Halluzinierte ich etwa? Ich öffnete das Fenster ein
Stück weiter und lehnte mich hinaus. Jemand hatte
Peggys Handtasche aufgefangen.

Jemand? Nein. Nicht "jemand".
FUCK, es war Rita!
Ich wäre am liebsten im Erdboden versunken, als
sie jetzt auch noch zu mir hinaufsah. Plötzlich war
es, als ob ich in einen Spiegel blickte. Ich konnte
mir vorstellen, welcher Anblick sich ihr bot: Ein
zerzauster, unrasierter Halbirrer mit nacktem,
wenn auch teilweise behaartem Oberkörper, der
einer Art kompostierten Barschlampe mit XXXL-
Möpsen ihre Handtasche aus seinem
Schlafzimmerfenster hinterher warf.
Na, bestens! So gewann ich Rita ganz bestimmt als
feste Freundin, hielt ich mir ironisch vor und
schämte mich bodenlos.

Irgendwo aus meinem Gehirn hörte ich die
frotzelnde Stimme eines Vollidioten mit
Schellenmütze: »Gute Freunde stecken so was
locker weg. Und *beste* sowieso.«
Ich rang nach Atem, während ich weiter auf die
Straße starrte. Da setzte diese vollverblödete
Stimme in meinem Kopf, lustig wie sie war, noch
einen drauf: »Nicht wahr, *mein Freund*? Du

würdest doch sowieso nie bei ihr landen«, begleitet von einem hellen, schallenden Hohngelächter.
Ich schlug das Fenster zu. Ab unter die Dusche, den Ekel und die Scham abschrubben. Und erst nachdem ich ein ganzes Stück Seife (Frisch ausgepackt) verbrauchte, kam ich wieder ein wenig zu mir. Danach bezog ich das Bett neu, die alte Bettwäsche wanderte in den Müll. Dann legte ich mich wieder ihn und schlief ungestört bis zum nächsten Morgen durch.
Schon als ich aufwachte, beschloss ich, den Tag in meiner Wohnung zu verbringen.
Am Nachmittag schellte mein Handy.
Es war Rita.

»Na, ausgeschlafen?«, wollte sie wissen.
Zuerst stutzte ich ein wenig. Sonst meldete sie sich immer mit einem eher knappen und irgendwie etwas trockenen »Na, wie geht's?« bei mir. Und das auch nur ziemlich selten. Sie wohnte zwei Straßenzüge entfernt, und wir trafen uns hin und wieder auf ein "freundschaftliches Sit-In" in unserem Lieblingspub - Bistro mit Raucherlounge. Natürlich fast nur dann, wenn keiner von uns beiden liiert war. Aber »na, ausgeschlafen?«, das war etwas ganz Neues.
»Inzwischen schon«, antwortete ich und setzte mich auf meine große Ledercouch im Wohnzimmer. »War vorgestern feiern, auf der Geburtstagsparty von meinem Arbeitskollegen und es ging ziemlich hoch her.«

Ich machte eine kurze Pause. Sollte ich es ansprechen oder lieber nicht. Ach, was sollte es schon schaden? »Den Ausklang hast du ja noch mitbekommen.«
Sie erwiderte nichts.
Dann wechselte sie das Thema. »Hättest du Lust, am Samstag mit mir auf eine Silvesterparty zu gehen? Ich bin eingeladen, aber ich habe keinen Begleiter. Und ständig von irgendwem angequatscht werden, will ich auch nicht.«
Eine kurze Pause.
»Also - was ist?«, hakt sie ungeduldig nach.
Ein Strahl purer Begeisterung erhellte augenblicklich mein Innerstes. Mein Puls fuhr ein paar Takte hoch, doch ich wollte mir nichts anmerken lassen.
»Geht klar«, sagte ich, während ich mich bemühte, dabei ein wenig lakonisch zu klingen. »Bis jetzt hatte ich mir noch nichts vorgenommen. Das trifft sich total gut! Wann wollen wir uns treffen?«
»Kann ich gegen sechs zu dir kommen? Dann können wir uns zusammen ein Taxi mieten.«
»Natürlich«, sagte ich und wollte außerdem noch wissen, wohin es dann ging.
»In die alte Fabrik«, antwortete Rita, und ich konnte ihr die Vorfreude anhören. Ich kannte das Haus. Es bot mindestens Platz für zweihundert Personen, war mit dem modernsten Disco-Schnick-Schnack ausgestattet, hervorragend klimatisiert und ebenso hervorragend bewirtet. »Eine alte Freundin von mir hat an Silvester Geburtstag.

Cornelia - ich glaube, du hast sie schon mal kennengelernt. Du brauchst natürlich nichts mitzubringen. Sozusagen eine Doppel-Party. Sie hat das Haus für den Abend gemietet, und es kommen bestimmt ziemlich viele Gäste.«
»Ich freue mich«, sagte ich. Nachdem wir noch ein wenig über Belanglosigkeiten geplaudert und die Uhrzeit unseres Treffens erneut bekräftigt hatten, legten wir beide auf.

Plötzlich war es Freitagabend. Mein Blick fiel auf die digitalen Ziffern des DVD-Rekorders. 17:59 Uhr. Ich stand auf und ging zur Wohnungstür. Rita gehörte zu den wenigen Frauen, die sich niemals verspäteten. Sie hatte ein absolut perfektes Zeitgefühl und konnte praktisch ganz ohne Uhr auskommen. Noch nie hatte ich erlebt, dass sie zu spät war. Wäre sie es gewesen, hätte ich sie gefragt, was ich ihr getan hätte, denn sich zu verspäten war, wie sie mir einmal anvertraut hatte, ihre ganz persönliche Art, jemandem ihre Missbilligung auszudrücken. Und ebenfalls erschien sie auch niemals zu früh. Sie war pünktlich im ureigenen Sinne dieses Wortes, und als es schellte, wusste ich, dass mein DVD-Rekorder 18:00 Uhr anzeigte. Ich meldete mich nicht erst an der Gegensprechanlage, sondern betätigte gleich den Knopf, mit dem das Schloss der Haustür entriegelt wurde. Dann sah ich durch meinen Türspion. Eine Angewohnheit von mir, die ich einfach nicht ablegen konnte. Und vielleicht

wollte ich es auch gar nicht. Denn ein wenig Paranoid war ich schon immer. Schon als Kind. Nachdem ich mich vergewissert hatte, dass niemand vor meiner Tür stand, öffnete ich sie. Ich hörte, wie Rita die Treppe hinaufkam. Ich bemerkte das Klacken von Absätzen auf dem steinernen Boden des Treppenhauses. Sie ging langsamer und weniger geschmeidig als sonst, denn heute hatte sie offenbar ihre flachen Schuhe, die sie sonst bevorzugte, gegen ein Paar Pumps ausgetauscht.
Unwillkürlich dachte ich darüber nach, ob ich selbst angemessen gekleidet war. Ich trug ein Hemd, in dessen weißen Grundton dezente hellbraune Nadelstreifen eingelassen waren, die schmale, angenehm schattierende Längsstreifen in einem nur wenig helleren Farbton säumten. Unter meiner marineblauen Stoffhose schauten elegante, dunkelbraune Halbschuhe hervor. Zur Feier des Tages hatte ich noch meine goldene Uhr angelegt. Auf eine Krawatte wollte ich verzichten. Mein Jackett, ein perfekt sitzender Zweireiher in hellem Kastanienton, wirkte ebenso elegant wie sportlich und konnte problemlos ohne sie getragen werden. Und obwohl mich ja keine direkte Verpflichtung hierzu traf, hielt ich natürlich auch ein angemessenes Geburtstagsgeschenk bereit. Es war eine absolut dekorative und noch dazu nett verpackte Flasche Remy Martin - ich hatte den Teuren für angemessen gehalten. Hoffentlich zog ich damit nicht Rita's Unmut auf mich. Bei ihr

wusste ich es nie wirklich ganz genau. Schlimmstenfalls würde ich die Flasche Zuhause lassen. Sie, anstelle der Gastgeberin, Rita zu schenken, hätte keinen Sinn gemacht. Sie hasste teure Geschenke, weil ihr jede Art von "Geldverschwendung" zuwider war. Bei sich selbst ebenso wie bei anderen. Was nicht bedeuten sollte, dass sie sich nichts gegönnt hätte. Sie verbrachte zum Beispiel jedes Jahr einen ziemlich teuren Urlaub mit einer ihrer Freundinnen - und zwar auch dann, wenn sie in einer festen Beziehung war. Ich bekam jedes Mal eine Postkarte. Für gewöhnlich flog sie zu irgendwelchen Luxus-Ressorts mit Namen, die man nicht wirklich im Kopf behalten konnte. Sie würde den Preis einer ganzen Flasche für einen einzigen Schirmchendrink bezahlen, aber wenn es außerhalb der Hotelanlage zwei Supermärkte gab, und in einem davon etwas, das sie kaufen wollte, zwei Cent weniger kostete als in dem anderen, würde sie es dort kaufen, auch wenn sie erst zehn Minuten warten müsste, bevor die Ampelanlage umschaltete und sie die Hauptstraße überqueren konnte.
Ich hörte, wie sie den letzten Treppenabsatz betrat und konnte nicht umhin, mich innerlich ein wenig zu wappnen. Immerhin hatten wir uns schon seit gut vier Wochen nicht mehr gesehen, das kleine Zwischenspiel an meinem Schlafzimmerfenster einmal ausgenommen.

Das Klacken ihrer Absätze wurde lauter, und ehe ich mich versah, stand sie auch schon vor mir.

Rita gehörte nicht zu den Frauen, die von Natur aus lächelten, was aber nicht heißen sollte, dass sie etwa "streng" oder gar "todernst" gewesen wäre. Vielleicht etwas kühl. Das, was sie sich an einem ständigen Lächeln zu sparen schien, kam dafür in einer gleichmäßigen und ungespielten Freundlichkeit zum Ausdruck, und wenn sie sich über etwas freute, dann lag in dieser Freude ihr gesamtes Wesen. Rita war erfüllt von Zielstrebigkeit, aber auch von Gelassenheit. Ihre innere Ruhe verströmte sich vor allem über dieses ganz besondere Timbre ihrer Stimme, der ein dem Wesen innewohnender Pragmatismus zuweilen einen niemals seinen Sachbezug verlierenden Impuls verlieh, welcher bei ihr auf natürliche Weise alleine schon von der Möglichkeit selbst vollkommen frei war, in der ungelenkten Hysterie eines Affektes entarten zu können.
Für mich hatte sie immer ein offenes Ohr und einen guten Rat gehabt, wenn ich beides brauchte, und als ich sie jetzt ansah, spürte ich, wenn auch nur für den Bruchteil einer Sekunde, den heißen Nadelstich einer perfiden Angst, dass sich dies jemals ändern könnte.
Sie sah mich an.
Rita war eine klassische Schönheit. Schulterlanges rot gefärbtes Haar (Eigentlich hat sie von Natur aus Straßenköter blondes Haar) umspielte ihr fein

geschnittenes, ebenmäßiges Gesicht. Ihre Haut ist goldfarben statt braun, und ihre Mandelaugen sind so tief, dass, wenn man in sie eintauchen würde, man nie wieder heraus finden würde, und wäre somit für immer in ihrem Bann verloren. Ihr Körper war ein perfekter Hard-Body. Kaum ein Gramm Fett. Wofür sie auch immer stets hart arbeitete. Besonders ihre Brüste waren perfekt portioniert. Nicht zu viel und nicht zu wenig. Sie würden perfekt in der Hand liegen, dachte ich mir immer. Dasselbe gilt auch für ihren prachtvoll geformten Hintern. Wie in Stein gemeißelt. Einfach perfekt! Wenn ich Rita als Onanier Vorlage in meiner Fantasie verwendete, (und das tue ich ziemlich oft) spritze ich immer (und das ist auch noch heute so) innerhalb weniger Sekunden ab.

Und dennoch konnte ich mich nicht erinnern, sie jemals so gesehen zu haben wie an diesem Abend. Ein Typ mit Schellenmütze, irgendwo im Hintergrund meines Verstandes, ließ überraschend sein abgehacktes, gepresstes Kichern hören und schrieb Ritas Veränderung dem positiven Einfluss des halbnackten, handtaschenwerfenden Irren zu. Und genau das gab mir mit einem Mal zu denken. Falls ich mit meinem Gedanken wirklich recht haben sollte, dann hätte ich schon viel früher mit dicken Weibern ins Bett gehen sollen.
Rita trug sonst nie Parfum, doch heute tat sie es. Sie ließ ein strahlendes Lächeln sehen, und fast hätte ich gar nicht mitbekommen, dass sie dazu ein

lockeres: »Hi!« verlauten ließ. Ich sah sie immer noch an, aber irgendwie kam es mir vor, als ob sich kein Bild in meinem Bewusstsein manifestieren wollte. Ich nahm alles wahr, und zugleich hatte ich den Eindruck, dennoch durch sie hindurch zu sehen.
Ich hörte meine eigene Stimme wie aus weiter Ferne. Sie stieß ein tiefes und langgezogenes: »Hey« aus, gepaart mit einem breiten Lächeln. Ich bat sie daraufhin herein, während ich einen Schritt zur Seite trat um ihr Platz zu machen.
Rita kannte meine Wohnung natürlich von zahlreichen Besuchen. Sie ging an mir vorbei, und ich schloss die Tür hinter ihr. In ihrer rechten Hand hielt sie eine mittelgroße Tasche aus kunstvoll bedrucktem, dicken Papier, die an zwei halbrunden, gewundenen Kordeln hing. Ich folgte Rita in mein Wohnzimmer. In ihrem fliederfarbenen, körperbetonenden Kostüm, das aus einem beinahe knielangen glatten Rock und dazu passendem Blazer bestand, bot sie von hinten mit ihrem perfekt geformten Hintern einen äußerst erfreulichen Anblick. Über ihre schlanken, geraden Beine hatte sie Nylons gezogen, die von einem Muster dezenter Schlangenlinien durchwirkt waren.
Ein nahezu perfektes Outfit, bis auf die Pumps, die passten gar nicht.
»Setz' dich doch erst mal«, sagte ich zu ihr. »Magst du was trinken?«

»Nein, danke. Im Augenblick nicht.« Rita lächelte mich an und stellte ihre Tragetasche ab. Dann setzte sie sich auf einen der Sessel, nachdem sie zuerst ihren Blazer abgelegt hatte. Darunter trug sie eine ausgeschnittene Rüschenbluse, deren nicht zu dunkles Anthrazit mit farblich abgestimmten Intarsien abgesetzt war und hervorragend mit ihrem Kostüm harmonierte. Bis auf die Pumps, die waren einmal mehr ein Dorn im Auge. An ihrem Hals erkannte ich ein dünnes Altsilberkettchen, das die Fantasieform eines kunstvoll gearbeiteten Anhängers aus demselben Material hielt, in dessen Mitte das dunkle Karo eines Rubins funkelte. Mir war vorher niemals Schmuck an ihr aufgefallen. Ich setzte mich ihr gegenüber auf die Couch und sah sie bewusst recht intensiv an. Sie hatte Lidschatten aufgelegt und sogar einen Kajalstift benutzt. Nichts davon trug zu sehr auf. Alles unterstrich perfekt ihre natürliche Schönheit. Ritas Lippen schimmerten in einem sanften, lachsfarbenen Pastellton, der je nach Lichteinfall eine hellviolette Färbung durchscheinen ließ.
Sie löste ihren Blick nicht von meinem. Rita sah niemals zur Seite oder sonst irgendwohin, nur weil sie vielleicht jemandes Augen hätte ausweichen oder so tun wollen, als ob sie es nicht bemerkte, dass sie angesehen wurde. Stattdessen sagte sie dann irgendetwas, auf das man gemeinhin antworten konnte, um weder sich selbst noch ihr Gegenüber auf irgendeine Weise in eine innere Rückzugsposition zu bringen. Als

Marketingmanagerin war Kommunikation eine ihrer absoluten Stärken.
»Hoffentlich hast du nichts gekauft.« Sie sagte es freundlich - nicht die geringste Spur irgendeines vorauseilenden Tadels. Sie saß aufrecht in meinem Sessel und sah mich mit verhaltener Erwartung an.
»Doch, habe ich«, sagte ich, ohne Ritas Reaktion abzuwarten. Ich stand auf. Auf der schmalen Seitenkommode aus poliertem Nussbaum, die hinter meiner Couch stand, hatte ich mein Geschenk abgestellt. Nun nahm ich es von dort weg und setzte mich wieder, während ich Rita die Flasche mit dem edlen Tropfen zeigte, die in Cellophan Folie eingeschlagen war, welche von bunten gekräuselten Bändern zusammengehalten wurde. Ich stellte sie auf die Glasplatte des flachen Tisches zwischen uns. Rita betrachtete sie zuerst und nahm sie dann in die Hände, um ihre Betrachtung etwas eingehender werden lassen zu können, bevor sie die Flasche behutsam auf den Tisch zurückstellte.
»Und, was meinst du?«, fragte ich sie.
»Nett«, sagte sie nur und ließ ihren Blick noch einige Sekunden lang auf meinem Geschenk ruhen, so als ob sie über irgendetwas nachdenken müsste. Mein Cognac hatte soeben grünes Licht bekommen. Ich lächelte spontan.
Rita hatte ihrer Freundin einen kunstvoll geschmiedeten Teller in Form einer Sonne mitgebracht. Vorsichtig zog sie ihn aus der Papiertasche hervor, wo er in ein Tuch

eingeschlagen gewesen war. Der gesamte Teller war mit Blattgold überzogen, und in seiner Mitte formten kleine Edelsteine eine "20". »Die Zahl steht dafür, dass meine Freundin und ich uns jetzt schon seit zwanzig Jahren kennen«, erläuterte Rita, während ich fasziniert und anerkennend ihr Geschenk betrachtete. Ich streckte meine Arme aus, und sie übergab mir den Teller, damit ich ihn mir näher ansehen konnte.»Ein wundervolles Geschenk«, nickte ich zustimmend. »Etwas ganz Besonderes.« Ein Kompliment zu Ritas Aussehen lag mir auf den Lippen, doch ich zögerte. Sie gehörte nicht zu den Frauen, die hören wollten, wie gut sie aussahen, das fühlte ich instinktiv durch unsere langwährende Freundschaft. Rita war es lieber, wenn sie wegen dem, was sie tat, anerkannt wurde. Was sie nicht davon abhielt dennoch wundervoll auszusehen. »Deine Freundin wird sich sicher sehr freuen«, sagte ich stattdessen und reichte ihr den Teller wieder. Sie bedankte sich mit einem herzlichen Lächeln und verstaute ihn wieder sicher in ihrer Tasche.

»Habe ich dir Cornelia nicht schon mal vorgestellt?«, fragte sie, als sie wieder aufsah.

»Ich kann mich an niemand namens Cornelia erinnern, vielleicht fällt es mir ein, wenn ich sie sehe.«

»Wir müssen dann auch gleich los«, sagte sie. »Kannst du uns ein Taxi rufen?«

»Na klar«, antwortete ich sofort und nahm mein Handy, das rechts von mir auf dem Tisch gelegen

hatte. Ich kannte Rita lange genug, um zu wissen, dass das "uns" in ihrer Bitte normalerweise gefehlt hätte. Während ich die Nummer eintippte, beugte sie sich ein wenig nach vorn und lächelte dezent. In ihrem Blick lag etwas Neugieriges und zugleich Fröhliches.
Ich bestellte das Taxi.
Als wir an der alten Fabrik ankamen, wollte ich den Fahrpreis begleichen, doch Rita, die hinten Platz genommen hatte, bestand darauf, ihn zu teilen. Ich öffnete ihr die Wagentür und nahm ihre Tasche an, damit sie bequem aussteigen konnte. Gemeinsam betraten wir die Lokalität.
Cornelia begrüßte Rita laut und voller ungebremster Wiedersehensfreude. Die beiden tauschten Wangenküsse aus, und Rita beglückwünschte ihre Freundin zu deren Geburtstag. Währenddessen musterte ich Cornelia und überlegte, ob ich sie schon einmal getroffen hatte. Aber nein, ich sah sie heute zum ersten Mal.Als Cornelia den kunstvollen Teller von Rita bekam, war sie völlig aus dem Häuschen. Im Hintergrund des riesigen, halbdunklen Saals, durch den bunte Lichter flirrten, gewann die Party langsam aber sicher an Fahrt. Die Musik war laut genug, ohne jedoch Gespräche zu unterbinden. Alles war geschmückt mit Girlanden und Luftschlangen, auf dem dicken Eichenholzparkett verteilten sich glitzernde Sternchen und Konfetti. Das Büffet war eröffnet, aber noch kaum angerührt worden. Schalen mit Bowle wechselten sich mit

kalten Platten ab, die Fleischgerichte und Meeresfrüchte bereithielten. Es gab bunte Berliner, frittiertes Gebäck und anderes was Herzverfettung erzeugt, im Überfluss. In mit Holz verkleideten Kühlboxen wartete Sekt und Champagner. Am kurzen Ende des Saales gab es eine edel illuminierte Bar, hinter der ein Cocktailspezialist sämtliche Register zog. Ich nahm bis dort, wo ich stand, den herrlichen Duft von frischer Minze wahr und bekam augenblicklich Appetit auf einen Mojito, meinen Lieblingscocktail. Rita trat einen kleinen Schritt beiseite und stellte mich vor. Ich beglückwünschte Cornelia ebenfalls und überreichte ihr mein Mitbringsel, das sie voller Überraschung und mit einem lauten und äußerst herzlichen: »Dankeschön« von mir entgegennahm. Danach fragte sie uns, ob wir ablegen wollten. Diskrete Bedienstete in weißen Hemden mit schwarzer Fliege, Anzughose und Weste beobachteten uns, um in dem Fall, dass sie benötigt würden, unverzüglich herbeieilen zu können. Zehn von ihnen verteilten sich, stets im Hintergrund, über den Saal, um Cornelias Gästen die Feier so angenehm wie möglich zu machen. Das Ganze musste ein Vermögen gekostet haben. Nach und nach trafen immer mehr Gäste ein. Cornelia begrüßte alle mit derselben Hingabe, wenn auch nicht so intim wie sie Rita begrüßt hatte. Sie und ich hatten uns am kalten Büfett bedient und dann zu einem der über den Saal verteilten Stehtische begeben. In unseren Gläsern perlte Sekt. Die Flasche hatten wir halb voll auf einem Beistelltisch neben dem Büffet zurückgelassen. Ich hatte sie zuerst mitnehmen wollen, dann aber darauf verzichtet, weil ich wusste, dass Rita über den Abend verteilt nicht mehr als zwei halbvolle Gläser trinken würde. Vielleicht noch ein drittes um Mitternacht. Es hätte ihr gegenüber unhöflich gewirkt, wenn ich mir am Tisch nachgegossen hätte. Daher behandelte ich die Flüssigkeit in meinem Glas so, als sei jeder Tropfen ein wertvolles Unikat, das aufgrund seiner Einmaligkeit mit besonderem Bedacht getrunken werden wollte. Wenn ich die Marken ansah, die in den Kühltruhen ruhten, stellte ich fest, dass dieser Gedanke vielleicht nicht vollkommen von der Hand zu weisen war. Ritas Sorge vor eventueller, unerwünschter Ansprache erwies sich als unberechtigt. Alle Gäste waren zu zweit gekommen Ich nahm wahr, dass sie dennoch die Blicke vieler Männer auf sich zog. Allerdings nur, solange diese sich sicher fühlten, nicht von ihren Begleiterinnen dabei ertappt zu werden. Zwischendurch kam Cornelia immer wieder zu uns, um sich besonders ihrer Freundin zu widmen, jedoch stets darauf bedacht, keinen der anderen Gäste zu vernachlässigen. Vereinzelt tanzten Paare zu der flotten Musik, die auf der Tanzfläche lauter zu hören war. Meine Freundin lobte das Essen ausführlich und äußerte die Befürchtung, zu viel zunehmen zu können.

»Im neuen Jahr specken wir alles wieder ab«, sagte ich locker. »Außerdem verbrennt Alkohol das Fett.«
»Meinst du?« Sie sah mich ein wenig unsicher an.
Im letzten Augenblick verkniff ich es mir, ihr zu empfehlen, mehr zu trinken. Sie hätte es nicht auf das Essen, sondern sofort auf sich selbst bezogen. Obwohl sie eine Traumfigur besaß, fühlte sie sich ständig an irgendwelchen Stellen zu dick.
»Und obwohl beste Freunde sich alles sagen, können sie es trotzdem nicht«, rief der idiotische Kobold von irgendwoher in meinem Kopf.
Ich wich ihrer Frage aus. »Komm, lass uns mal nachsehen, was die Bar so zu bieten hat«, sagte ich. »Ich wette, die haben hier auch Mojito, und man bekommt ihn fast nirgends anständig gemixt. Ich will wissen, was der Mixer drauf hat.«
Als ich mich zum Gehen wandte, legte mir Rita ihre Hand auf den Unterarm.
»Warte«, sagte sie und trank schnell den kleinen Schluck Sekt aus, der sich noch in ihrem Glas befunden hatte und folgte mir dann zur Bar.
Zwei Paare saßen bereits dort, eines von ihnen eng umschlungen, das andere mit etwas Abstand, jedoch einander zugewandt. Alle waren etwa in unserem Alter. Rita und ich setzten uns auf zwei der bequemen, lederüberspannten Hocker, etwas abseits von den anderen. Wer wollte, konnte es sich auch in der kleinen Lounge gemütlich machen, die der Bar vorgelagert war.

Natürlich orderte ich einen Mojito, nachdem Rita, die zuerst angesprochen wurde, gesagt hatte, dass sie nur ein Mineralwasser wolle. Sie bekam es mit Eiswürfeln, Strohhalm und einer an den Rand gesteckten Zitronenscheibe. Sekunden nach meiner Bestellung vermischte sich das fruchtig-exotische Aroma von Limetten in einem großen Tumblerglas mit dem würzigen Duft von frischen Minzblättern. Der braune Rohrzucker wurde so fein zerstoßen, dass ich absolut keine Kristalle auf der Zunge schmeckte, als ich den Strohhalm zwischen die Lippen klemmte und den edlen Rum genoss, dessen mildes Aroma sich in vollendeter Harmonie mit den anderen Zutaten verband. Ich musste unwillkürlich meine Augen schließen und konnte nicht aufhören, das Getränk solange durch den dicken Strohhalm in meinen Mund zu befördern, bis ich das komplette Glas geleert hatte. Ich hielt die Augen weiterhin geschlossen. Dann ließen meine Lippen den Strohhalm los. Während ich das Glas noch immer in der rechten Hand hielt, atmete ich genussvoll durch die Nase aus. Erst beim anschließenden Luftholen öffnete ich meine Augen wieder - und sah direkt in die von Rita, die mir schmunzelnd zugesehen hatte.
»Mein bester Mojito seit langer Zeit«, ließ ich sie lächelnd wissen.
Sie nippte an ihrem Wasser, sah mich aber weiterhin an. Der Barmixer kehrte zurück und erkundigte sich freundlich, ob ich noch etwas wünsche. Ich bestellte noch einmal dasselbe und

nahm mir fest vor, es bei drei Gläsern zu belassen. Ich war zwar ziemlich trinkfest und hätte locker mindestens fünf Gläser vertragen können.

Allerdings war ich heute Abend in weiblicher Begleitung unterwegs, und nicht mit Freunden, so dass ich Rita nicht in dumme Situationen bringen wollte, noch dazu, wo wir uns auf dem Geburtstag ihrer Freundin befanden.

Als mein nächstes Glas kam, umspannte ich es mit der Linken und rückte es leicht auf dem Tresen hin und her. Rita hielt ihren Strohhalm zwischen den Lippen, schielte dann kurz zu meinem Glas hinüber und lächelte dabei. Ich nahm es in die Hand und hielt es ihr mit dem Strohhalm auf ihrer Seite unaufdringlich hin.

»Einen kleinen Schluck musst du unbedingt probieren«, sagte ich.Rita lächelte, als ob sie von mir zu einer verbotenen Mutprobe aufgefordert worden sei. Dann legte sie ihre rechte Hand um meine, zog das Glas ein Stück näher zu sich heran und kostete. Ich war gespannt auf das Ergebnis.

»Wirklich lecker«, sagte sie relativ nüchtern, aber freundlich.

Cornelia erschien wie aus dem Nichts, legte jedem von uns eine Hand auf die Schulter und wollte wissen, ob es uns auch an nichts mangelte. Das konnten wir guten Gewissens verneinen. Ich war mir sicher, dass sie von Rita wusste, in welchem Verhältnis ihre Freundin zu mir stand. Gleichzeitig fragte ich mich, was sie vielleicht sonst noch wusste.

Rita wollte kurz die Toilette aufsuchen, und ich nutzte die Gelegenheit, um meinen zweiten Drink zu leeren, ohne einen weiteren nachzubestellen. Ich ging in die Lounge und setzte mich in einen der gemütlichen Sessel. Als Rita wiederkam, hatte sie ihren Blazer abgelegt. Sie kam auf mich zu, blieb aber stehen.
»Lass uns tanzen«, sagte sie und streckte mir ihre Hand entgegen.
Ich dachte nur: *Scheiße*, ich kann keinen Meter Tanzen und eigentlich wusste sie das auch. Also was sollte das jetzt? Wollte sie, dass ich mich in der Öffentlichkeit zum *Horst* mache? Oder hatte sie es einfach nur vergessen? Ich sagte nichts, grinste nur, ergriff ihre Hand und stand gleichzeitig auf. Der nicht zu schnelle Takt der Musik erforderte zum Glück von den Tanzenden kein ausgefeiltes Können. Einige der auf der Tanzfläche Anwesenden bewegten sich nur unmerklich, manche hielten noch ein Sektglas in der Hand, andere tanzten eng umschlungen. Rita bewegte sich völlig natürlich zum Takt der Musik, als hätte sie nie etwas anderes getan. Sie legte mir ihre Hand auf meine Schulter, und ich hatte keine Schwierigkeiten ihrem Rhythmus zu folgen. Als die Musik etwas schneller wurde, ließ sie mich los und drehte sich hin und wieder vor mir im Kreis. Während einer Drehung stoppte sie auf der Hälfte und drehte mir tanzend ihren Rücken zu. Daumen und Zeigefinger ihrer Hände schnippten in Höhe ihres Kopfes leise zum Takt der Musik. Ich trat

ganz nahe an Rita heran, und als sie ihre Drehung vollendete, legte ich ihr die Hände sanft auf die Hüften. Sie legte ihre Hände auf meine Schultern, bewegte sich dabei weiter und sah mir in die Augen. Ohne zu lächeln. Ihre Hände rutschten langsam tiefer, umfassten meine Oberarme, dann zog sie sich langsam an mich heran. Jedoch nicht ganz. Noch nie hatte sie mich so direkt angesehen, ohne schließlich irgendetwas zu sagen. Noch nie waren wir uns so nahe gekommen wie in diesem Augenblick. Und noch niemals zuvor hatten meine Hände in dieser Position verharrt, ohne zumindest bis zur Taille dieser Frau gewandert zu sein. Doch jetzt blieben sie dort. Die Musik drang wie aus unendlich weiter Ferne zu mir, und wurde immer leiser. Was es an Widersprüchen in mir gab, löste sich in diesem Moment in sich selbst auf. Meine Augen waren weit geöffnet, doch ich sah nichts mehr mit ihnen. Es war, als ob meine Fähigkeit zu sehen vollkommen in mein Bewusstsein zurückgewichen wäre, um dort eine intensive, warme Ruhe wahrnehmen zu können, die mein gesamtes Inneres ausfüllte und mich gleichzeitig in einen Kokon hüllte, in dem jede Dimensionalität, auch die Zeit selbst, aufgehoben war. Unsere Bewegungen waren gleichzeitig zum Stillstand gekommen. Meine Hände zogen sie langsam zu mir heran. Und als meine Augen sich schlossen, kurz bevor unsere Lippen sich berührten, fühlte ich einen zeitlosen Augenblick lang mit einer

Wahrnehmung, die nicht meine eigene war, aber zugleich doch.
Perfekte Einheit.
Absolute Verschmelzung.
Sinn und Auflösung aller Gegensätze.
Eins aus allem.
Entstehen im Vergehen.
Himmel und Erde verschmolzen miteinander, und ich wäre ohne jegliche Furcht in den Tod gegangen, für diese wenigen Sekunden meines Lebens.

Die Einzigen, die jemals zählten.

Und so geschah es.
Auch wenn ich es nie so ganz verstand. Ich wurde vom besten
Freund zum festen Freund. Rita und ich waren gemeinsam zu der Silvesterparty gegangen, aber wir verließen sie zusammen. Noch nie zuvor hatte ich einen Menschen so geliebt wie
Rita - falls ich es überhaupt jemals getan hatte.

Die Frauen vor Rita waren nur Frauen. Sie kamen und gingen. Keine hat mir etwas bedeutet. Sie dienten lediglich zum Schein, ich versteckte mich mit ihnen vor meiner Besessenheit von Rita. Sie waren gut genug zum Abbau meines sexuellen Triebs und damit ich nicht ganz allein war. Ich hasse es allein zu sein. Schon immer!

Doch obwohl wir uns unsere Liebe immer wieder gegenseitig beteuerten, blieb mir hin und wieder doch der, wenn auch nur sehr
sanfte, Stachel eines Zweifels nicht erspart; eines Zweifels, der irgendwo ganz tief in meiner Seele saß und hin und wieder leise, aber dennoch unüberhörbar die Frage stellte, ob ich vielleicht nur ein weiterer "Partner auf Zeit" sein sollte.
Wir waren schon einige Monate zusammen, aber wir lebten immer noch in getrennten Wohnungen. Allerdings übernachteten wir fast immer gemeinsam in einer von beiden. Im darauf folgenden Sommer unternahm ich mit Rita einen Ausflug zu einem hübschen See. Ich
machte den Vorschlag, in eine der am Ufer liegenden Gaststätten einzukehren, aber Rita wollte lieber mit mir um den See herumlaufen. Also starteten wir. Neben dem See wuchs ein langgezogener Hügel in eine recht beachtliche Höhe. Schon als kleiner Junge fühlte ich mich von bewaldeten Hügeln immer wieder angezogen, und an einer Wegzweigung machte ich den Vorschlag, auf den Hügel aufzusteigen.

Als ich sechs oder sieben Jahre alt war, schleppte meine Mutter mich dort hin. Es war der einzige Ausflug, den sie jemals mit mir unternahm. Ich sträubte mich damals zuerst davor, weil ich lieber Fernsehen wollte (Meine Ersatz-Mutter, die mich wenigstens nie allein ließ, wie es meine leibliche gern getan hat), doch als mir meine Mutter erzählte, dass sie dort oben meinen Vater kennen lernte, gab es kein Halten mehr für mich. Und es zog mich über Jahre immer wieder an diesen für mich ganz besonderen Ort. Ich machte immer wieder alleine (Rita war die erste und einzige, die ich jemals mit dorthin nahm) Ausflüge zum Gipfel des Hügels. Es war der einzige Platz, den ich kannte, an dem mein Vater mal war, und insgeheim erwartete ich im Geiste immer ihn dort zu treffen. Mein Vater, den ich zwar nicht kannte, aber trotzdem liebte und vermisste. Doch er war niemals da.

Rita wollte damals zuerst nicht, doch ich überredete sie. Vielleicht wollte ich mich nur vergewissern,
dass mein Vater nicht doch dort oben ist und auf mich wartete. Oder eine Nachricht für mich hinterlegt hatte, oder einen kleinen Hinweis, den nur ich verstehen konnte. Vielleicht wollte ich aber auch nur wissen, dass dort niemand ist, den ich kannte. Und niemand, den ich liebte.
Rita ging neben mir.
Der Weg verlief in Serpentinen, doch ich kannte noch alte Abkürzungen. Als wir es an einer Stelle schließlich wieder verließen und die nächste Serpentine des
eigentlichen Weges hinter einer Biegung verschwinden sehen konnten, schien Rita alle

Orientierung verloren zu haben. Sie atmete hörbar, aber aufgrund ihrer Sportlichkeit hätte sie nicht einmal im Ansatz außer Atem sein können.
Sie bat mich, einen Moment stehen zu bleiben. Unsicher sah sie sich um.
»Geht es da jetzt nach oben oder wieder nach unten?«, wollte sie wissen und deutete auf die Stelle, hinter der die Serpentine sich unseren Blicken entzog.
»Ich glaube, nach unten«, antwortete ich ihr. Ich war mir in dem Moment selbst nicht mehr ganz sicher gewesen, und der Verlauf des Weges ließ nichts in dieser Richtung erkennen.
Deshalb ging ich auf das sichtbare Ende in etwa einhundert Metern Entfernung zu, um mich zu überzeugen. Ich rief Rita ein kurzes »Bin gleich wieder da« zu, weil ich dachte, sie müsse sich vielleicht doch einen Moment lang erholen. Doch ich kam keine zwei Meter weit, als ich hörte, was sie mir, mit einem leichten, kaum merklichen Anflug von - war es Panik? -in der Stimme nachrief: »Du lässt mich doch nicht einfach hier stehen und haust ab, oder?«
Ich blieb wie vom Donner gerührt stehen, zuerst unfähig, den ganzen Sinn ihrer Frage zu verstehen; unfähig, ihn verstehen zu wollen.
»Was?«
Noch während ich dieses eine Wort ungläubig hervorstieß, drehte ich mich auf der Stelle

um. Ich zögerte einen Moment, dann ging ich auf sie zu. Ich breitete meine Arme leicht aus.
»Rita.«
Ich hörte meine eigene Stimme, wie sie vor Besorgnis geradezu erstickte. Ich nahm Rita in die Arme und hielt sie minutenlang fest. Ich spürte, dass es eine Ewigkeit zu dauern schien, bevor auch sie ihre Arme um mich legte. Als ich mich sanft von ihr löste, sah sie mich nicht an, sie sah an mir vorbei.
»Ich glaube, da vorne müsste es wieder nach unten gehen«, sagte sie und schien dabei ihre volle Konzentration auf diese Wegstelle zu richten.
»Alles in Ordnung?«, fragte ich.
»Ja, alles in Ordnung«, antwortete sie - fast ein wenig abweisend, wie ich damals glaubte.
Ich nahm ihre Hand. »Lass uns nachschauen«, sagte ich zu ihr, und wir gingen nebeneinander zu der Wegstelle, die uns tatsächlich weiter nach unten führte. Deshalb fragte ich Rita, ob sie lieber wieder zum See zurückwolle, doch sie begleitete mich bis zur Kuppe, nachdem sie sich zuvor bei mir vergewissert hatte, ob es denn noch sehr weit sei.
Unterwegs vermied ich weitere Abkürzungen. Auf der Kuppe stand ein etwa zehn Meter hoher Turm. Stählerne Stufen führten hinauf zu einer Aussichtsplattform. Außer uns war niemand anwesend. Ich machte mir nichts aus größeren Höhen, und Rita wollte unbedingt hinauf, und so betraten

wir schließlich die Plattform.
»Die Aussicht ist ja total super«, sagte Rita mit unerwarteter Begeisterung.
»Ja«, antwortete ich, »ich war als Junge öfter hier.«
Sie nahm meine Hand, und gemeinsam standen wir schließlich vor dem beruhigend hohen Geländer und genossen eine Weile die Aussicht an diesem strahlenden Sommertag. Und ich fragte mich, ob meine Eltern damals auch so dastanden. Verliebt? Oder ob sie überhaupt jemals auf diesem Turm standen? Meine Mutter erzählte mir damals nur, dass sie sich hier auf dem Gipfel kennen gelernt haben, aber nicht wo genau. Und was sie hier taten. *Vielleicht wurdest du ja hier gezeugt?* hörte ich plötzlich von irgendwoher eine Stimme in meinem Kopf.
Rita hielt ihre rechte Hand wie einen Schirm über die Augen und betrachtete ein Flugzeug, das in größerer Entfernung mit seiner silbernen Silhouette über den blauen Himmel zog.
Ich musste daran denken, dass bald die Zeit kommen würde, in der Rita zusammen mit ihrer besten Freundin normalerweise in den Urlaub flog. Ich ließ mit meiner linken Hand das Geländer los, um mich Rita ganz zuzuwenden. Nach einigen Sekunden tat sie dasselbe. Sie stand vor mir und sah mir in die Augen.
»Rita«, begann ich vorsichtig und meine linke Hand fand ihre rechte, bevor ich dann weitersprach. »Möchtest du - ich meine - sollen wir in diesem Sommer zusammen wegfliegen? Nur du

und ich, und niemand anderes? Zwei oder vielleicht auch drei Wochen nur wir beide allein - kein Stress, keine Sorgen, nichts als Sonne, Sand und Wasser, und ein paar nette Cocktails im Abendrot. Was meinst du?«
Sie sah mich weiter an, und etwas Verklärtes stahl sich in ihren sonst so klaren, blauen Blick. »Und wohin?«, fragte sie sanft und neugierig zugleich.
Ich wusste, dass sie das Meer liebte und kramte in meinem Gedächtnis fieberhaft nach irgendeinem populären Reiseziel. »Was hältst du von Madeira, in Portugal?«, sagte ich.
Sie umfasste plötzlich meinen Nacken und drückte mir einen Kuss auf die Lippen. »In Ordnung«, sagte sie und hielt mich noch eine Zeit lang so fest. Ich sah ihr in die Augen.
Ich wollte ihr sagen: »Ich liebe dich«, doch irgendetwas hielt mich spontan davon ab. Zuerst wusste ich nicht, was es war, doch dann erkannte ich es. Es war Angst! Ich hatte ihr hundert Mal gesagt, dass ich sie liebte, doch jetzt hatte ich Angst davor, es zu sagen, weil ich mir
sicher war, dass sie in diesem Moment selbst Angst davor hatte. Kein "super!", kein "wunderbar!", als ich ihr das Ziel unserer Reise vorgeschlagen hatte, nur ein nüchternes "in Ordnung".
Nur ein Kuss auf meine Lippen.
Ein Kuss, und kein "ich liebe dich"
Dies ließ meine inneren Alarmglocken läuten. Der sanfte Stachel des Zweifels in mir verwandelte

sich ganz schnell in „nackte Angst". Die Angst davor, dass sie mich verlässt. Ein Kuss allein genügte mir nicht mehr. Ich brauchte die Bestätigung in Form der Worte "Ich liebe dich", die aus ihrem Mund kamen. Doch sie kamen nicht. Ich war verunsichert (Wie so oft in unserer Beziehung).

Als wir wieder zum See abstiegen, war ich nachträglich irgendwie froh, dass sie sich oben auf der Plattform nicht noch vergewissert hatte, dass ich hoffentlich nicht beabsichtigte, sie von dort hinabzustoßen. Schnell ließ ich diesen Gedanken wieder verstummen. Ich liebte sie. Mehr brauchte ich nicht zu wissen.

Und doch befiel mich plötzlich eine bohrende Frage, wie ein Raubtier - kurz bevor wir den See wieder erreichten. Hatte ich auf der Hügelkuppe nicht doch irgendetwas übersehen? War da nicht etwas, wonach ich hätte Ausschau halten wollen, das ich dann vollkommen vergessen hatte? Vielleicht war es da. Vielleicht hat es in einer Ecke gestanden, in die ich nicht geblickt hatte.

In einer Ecke gelauert, von der mich Rita abgelenkt hatte, weil sie es vielleicht selbst sah, es mir aber nicht sagen wollte.

Ich drehte mich kurz um und sah noch einmal den Hügel hinauf. Hinauf, bis zu der Aussichtsplattform, die wie ein stählernes Mahnmal über allem thronte.

Und da sah ich es!

Eine Gestalt! Ein verschwommene Gestalt, mit dem Körper eines Mannes, und er stand im vollen Sonnenlicht genau vor
dem Aussichtsturm. *Dein Vater?* hörte ich wieder von irgendwoher aus meinem Kopf die Stimme. Ich ließ Ritas Hand hastig los, um mit meiner die Augen zu beschirmen. Doch es war nichts mehr da. Schon als ich meine Rechte zu den Augen hob, löste sich die Gestalt auf und war nicht mehr zu sehen.
»Was ist denn?«, fragte Rita, und in ihrer Stimme schwang ein wenig Besorgnis mit.
Ich nahm die Hand wieder herunter und ergriff ihre.
»Nichts, Rita«, sagte ich lächelnd zu ihr. »Ich wollte nur nochmal sehen, wie hoch der alte Hügel ist.«
Und dann gingen wir zu dem Restaurant am Seeufer, das wir schon beinahe erreicht hatten. Ich hielt Ritas Hand, und plötzlich fühlte ich mich leicht und frei. So als wäre ich eingehüllt in eine vollkommene Aura des absoluten, puren Glücks. Es hatte niemand dort oben gestanden, das hatte ich noch genau erkennen können.
Niemand, den ich kannte. Und niemand, den ich liebte.

Irgendwann sagte ich Rita, dass ich gerne mit ihr zusammenwohnen würde. Was sie allerdings für überstürzt hielt. Nicht, dass sie an unserer Beziehung zweifelte, wie sie mir versicherte, sie

war nur der Meinung, dass wir es langsam angehen lassen sollten. Der wahre Grund für ihre Absage war, dass sie sehr an ihrer kleinen Zwei-Zimmer Wohnung hing, und Platz für zwei Personen bot sie ganz einfach nicht. Auch wenn sie es nie sagte, wusste ich, dass dies der Wahrheit entsprach, alles andere ergab in meinen Augen keinen Sinn. Und daher konnte ich auch nicht böse sein.
Das Thema, mit der gemeinsamen Wohnung, kam dann nie wieder zur Sprache. Ich traute mich nicht mehr zu fragen, um mir nicht noch eine Absage einzufangen, außerdem war ich der Meinung, dass sie nun an der Reihe sei, dieses Thema wieder anzusprechen. Aber es kam nichts. Wir sprachen nie wieder darüber.
Mit der Zeit bemerkte ich, dass sie immer distanzierter mir gegenüber wurde, und ich dachte zunächst, dass es normal sei. Wie es eben in jeder langführenden Beziehungen so üblich sei. Doch das Ganze hatte etwas Merkwürdiges. Oft ertappte ich sie dabei, wie sie mich beobachtete, und das meist mit einen ungläubigen Gesichtsausdruck. Als ob sie einen Geist gesehen hätte. Selbst wenn wir nur auf der Couch zusammensaßen und uns einen Film ansahen.
Und vor vier Monaten ist schließlich das passiert, was ich schon beinahe erwartet hatte: Sie hat die Beziehung beendet. Doch der Grund, den sie mir nannte, ist mir bis heute schleierhaft.

Der Abend, an dem sie mich verließ, begann vielversprechend. Da ich ja insgeheim fühlte, dass es nicht sonderlich gut bei uns lief, und ich schon lange nicht mehr die Worte „Ich liebe dich" von ihr hörte, was zugleich für mich bedeutete, dass mir jegliche Bestätigung fehlte, was mich beinahe verrückt machte, beschloss ich ihr ein schönes romantisches und selbstgekochtes Abendessen in meiner Wohnung zu bescheren. Es wurde allerdings nicht einfach nur ein Abendessen, sondern ein vier Gänge Menü. Als Aperitif gab es einen Mandarinencobbler und als Vorspeise servierte ich einen Gemüsesalat mit Shrimps und Toastecken. Der zweite Gang bestand aus einer Lachs-Shrimps-Suppe mit Sahnehäubchen und frischen Kräutern. Der dritte Gang, das krönende Hauptgericht, ein zartes Schmetterlingssteak mit aromatisierter Schnittlauchsenfbutter, dazu Kroketten. Die geschwenkten Apfelecken mit Pistazieneis und selbstgeschlagener Sahne, bildeten den Nachtisch. Den Champagner, den wir dazu tranken war ein Billecart-Salmon Brut rosé. In meinem CD Player lief das HIM Best-of Album in angenehmer Lautstärke. Auch die richtige Musik für das Schlafzimmer war bereits vorbereitet *Goodnight Moon von Shivaree* in Dauerschleife.

Rita war zunächst noch etwas verhalten als ich ihr das Essen und den liebevoll gedeckten Tisch präsentierte. Anfänglich wurde kaum ein Wort gesprochen, und Rita taute erst gegen Ende des

zweiten Gangs so richtig auf. Wir kamen vom Ast auf den Stock und redeten über dies und das. Ganz wie in alten Zeiten, obwohl ich der große Unterhalter war, schaffte es Rita, mich immer mitzuziehen, und so redete ich stellenweise an einem Abend mehr als in einem ganzen Jahr. Wir wechselten, nachdem wir fertig gegessen hatten, vom Esstisch zur Couch und machten es uns dort gemütlich. Wir kuschelten sogar nach langer Zeit mal wieder.
Und dann in einem besonders innigen Moment, gestand ich ihr, dass ich sie schon immer liebte. Vom ersten Moment unseres Kennenlernens an, damals auf dem Schulhof. Und dass ich mich über all die Jahre nie getraut habe, es ihr zu gestehen. Und dass wir wohl nie zusammengekommen wären, wenn sie nicht die Initiative ergriffen hätte. Wenn ich doch nur den Hauch einer Ahnung gehabt hätte, dass dieses Geständnis, das in meinen Augen sehr romantisch und vor allem ehrlich war, dafür sorgte, dass sie mich verließ, ich hätte es niemals ausgesprochen.
Sie war keineswegs von diesem Geständnis gerührt, so wie ich mir das vorgestellt habe. Sie war empört, mehr als empört, sie war stinkwütend. Sie bezichtigte mich als elenden Lügner.
ICH, ein Lügner.
Obwohl ich doch nur die Wahrheit sagte, um ihr so meine große Liebe zu ihr zu verdeutlichen, wurde ich als Lügner beschimpft.

Ich verstand gar nichts mehr.
Rita meinte, ich hätte sie schon vom ersten Tag an, als wir uns kennenlernten, um meine Liebe belogen, weil ich es ihr nie gestand. Sie könne mit meiner Feigheit einfach nicht leben und ich sei im Grunde nie etwas anderes gewesen, als ein elender, mitleidserregender Feigling.
Und Bevor ich mich versah, war es aus.
Für immer.
Versuche, um unsere Beziehung doch noch zu retten, unterließ ich. Ich dachte mir, dass es das Beste sei, wenn ich ihren Wunsch zunächst akzeptierte und erst einmal abwarte. Und wenn ich sie in Ruhe lasse - bis sie sich wieder beruhigt hatte und sich darauf besann, dass alles doch nicht so schlimm ist - würde sie möglicherweise doch zu der Erkenntnis kommen, übertrieben zu haben. Dass sie anfängt, mich zu vermissen. Ich hoffte auf eine Aussprache.
Doch nichts von dem trat ein. Sie redete seitdem kein einziges Wort mehr mit mir.

Aber egal, ich habe jetzt nicht die Zeit der Vergangenheit nachzutrauern, denn ich sitze immer noch auf der Autobahnraststätte und werde womöglich bereits zweifachen Mordes beschuldigt. Wegen Ben, dieser komischen Stimme in meinem Handy! Also versuche ich mich auf das Hier und Jetzt zu konzentrieren.
Wenn Rita mir helfen soll, bedeutet das aber, dass ich nach Mainz zurück muss. Und ich weiß noch

immer nicht, wie ich hier wegkomme. Mit meinem Wagen kann ich nicht weiter fahren, das Geld reicht nicht für genügend Benzin und es ist einfach zu gefährlich, wenn sie bereits nach mir fahnden. Die einzige Möglichkeit, die sich mir hier bietet, ist es, als Anhalter weiterzureisen. Ich muss mir nur eine gute Geschichte einfallen lassen, wie ich hier hergekommen bin. Ich sollte mein Auto lieber nicht erwähnen, wenn ich eine Panne vorgebe, fragen die mich doch gleich, warum ich nicht den Pannendienst rufe. Außerdem muss ich erst einmal jemanden finden, der in meine Richtung fährt. Aber zuerst gehe ich jetzt etwas essen. Ich steige aus meinem Auto und laufe zu der Burger-King-Filiale, die sich hier auf der Raststätte befindet. Es widerstrebt mir zwar die Burger klitsche aufzusuchen und mich regelrecht auf den Präsentierteller zu begeben, aber was soll ich machen. Ich hab Hunger und das Futter bei denen ist verdammt gut.

Am Eingang stoße ich mit einem Typen zusammen, der mir gleich bekannt vorkommt.
»Hey, ich kenn' dich doch?«, frage ich ihn, nachdem ich mich für meine Unachtsamkeit entschuldige.
»Das glaube ich nicht«, antwortet er trocken und mustert mich argwöhnisch dabei.
»Doch, ich bin mir sicher«, antworte ich in versöhnlichem Tonfall. »Wie heißt du?«
»Paul.« Mein Gegenüber wirkt etwas widerwillig.

»Ich bin Dirk, wir kennen uns doch.«
Eine Pause, in der wir uns einen Moment lang nur ansehen.
»Tut mir leid, ich kenne niemanden namens Dirk«, sagt er und läuft hastig los.
»Kennst du Frank?«, rufe ich ihm hinterher.
»Oh Gott«, stöhnt er nur genervt, und geht weiter.
Dabei fällt ihm etwas aus seiner Hosentasche.
»Hey, du hast da was verloren«, rufe ich ihm erneut hinterher, aber er reagiert nicht.
Ich kann von hier, wo ich stehe, nicht erkennen, was es ist, und bevor Paul verschwindet, laufe ich schnell hin. Es ist ein schwarzes Android-Handy. Ich hebe es auf und halte es nach oben, während ich nach Paul rufe. Aber ich sehe ihn nicht mehr, und auch kein Auto ist zu sehen oder zu hören, welches gestartet wird und wegfährt. Ich laufe über den gesamten Platz und suche nach ihm, ohne Erfolg. Als ob er vom Erdboden verschluckt wurde.

Ich gebe schließlich auf und gehe meinem eigentlichen Ziel der Nahrungsbeschaffung nach. Unmittelbar nachdem ich den Burger King betrete, bleibe ich einen Moment stehen, und sehe mich um. Ich nehme Blickkontakt mit den Gästen auf. Ich fange an zu schwitzen und werde nervös. Wenn man so richtig paranoid drauf ist, denkt man, alle reden über einen. Eigentlich für mich ein normaler Zustand. Schon immer, doch jetzt ist es etwas anderes, denn ich bin auf der Flucht. Wie sie mich alle anstarren und tuscheln (Oder bilde ich mir das nur ein?). Ich verstehe nicht, was sie sagen, aber nett ist es bestimmt nicht. (Hier schau mal, da ist der Killer, nach dem gesucht wird). Mir scheint, dass ihnen von meinem Anblick das Essen im Hals stecken bleibt. Ich versuche cool zu bleiben. Und gehe einfach zügig (und total steif, als ob ich einen Stock im Arsch hätte, SUPER AUFFÄLIG) zur Theke. Den Mitarbeitern der Fast Food Klitsche, die hier überwiegend mit Immigranten vertreten sind, scheine ich allerdings ziemlich egal zu sein. Was mich etwas in meinem paranoiden Wahn besänftigt.

Nachdem ich mir ein kleines Spar-Menü gegönnt habe, sehe ich mir das Android-Handy genauer an, das Paul, den ich zu kennen glaube, verloren hat. Das Kontaktverzeichnis ist praktisch leer. Noch nicht einmal zehn Einträge sind gespeichert. Nummern von der Pannenhilfe, dem Notruf, seiner Mutter und Schwester, die auch genauso betitelt wurden. Außerdem von einem gewissen Marko, Steven, Tim, Kevin und Karl-Heinz. Von Letzterem finde ich eine gespeicherte SMS, die auch zugleich die einzige ist.

Darin steht: *Du bist sehr attraktiv und klug. Ich möchte mit deinem Gehirn Liebe machen. Atergo. Dafür muss ich es aber erst aus deinem Kopf rausholen.*
Außerdem finde ich noch eine E-Mail von dem Absender *SuperTyp@hot-mail.com,* in der zu lesen ist: *Scheiß mir ins Maul und nenne mich SuperTyp ...*

Du Votze! Mir fällt auf, dass das Wort "Fotze" mit "V" geschrieben wurde.
Ich befrage zunächst die anderen Gäste des Restaurants, ob sie in Richtung Mainz fahren, und ob sie mich mitnehmen könnten. Erfolglos. Also klappere ich alle ab, die auf dem Parkplatz stehen, und neu hinzukommen. Und erst nach fast zwei Stunden habe ich schließlich Glück. Ein Mann, der sich mir als Helmut Berger vorstellt, und auf dem Weg nach Kaiserslautern ist, bietet mir an, einen kleinen Umweg zu fahren und dabei einen Zwischenstopp in Mainz einzulegen. Er ist Ende vierzig, einen Kopf kleiner als ich und hat ein bisschen Übergewicht, Dreitagebart und eine dicke Hornbrille auf seiner Nase. Seine leicht gewellten Haare sind ein Mix aus Grau und Schwarz. Er fährt einen alten Mercedes Kombi, der aber einen scheckheftgepflegten Eindruck vermittelt. Ich gebe mich als Robert Weißmüller aus, ein Tramper, der ganz Deutschland bereisen möchte. Ich erkläre ihm, dass ich mich in einer Notsituation befinde, da meine bisherige Mitnahmemöglichkeit samt meinem Gepäck, in dem sich auch meine Brieftasche befand, einfach abgehauen ist. In Mainz würde mich meine angebliche Tante erwarten, die mir aus der Patsche helfen würde.
»Steigen Sie bitte ein und fühlen sie sich ganz wie Zuhause. Ich helfe doch gern, wenn ich kann«, sagt er zu mir in einem fröhlichen Plauderton.
Ich nehme auf dem Beifahrersitz Platz und lege den Gurt an. Mir fällt auf, dass sein alter Mercedes

auch von innen einen sehr gepflegten Eindruck macht; bis auf etwas Staub auf der Armatur und den überquellenden Aschenbecher sieht alles sehr ordentlich aus. Auf der Ablage direkt vor mir liegen zahlreiche Kugelschreiber, mit einer billigen Plastikverkleidung, die alle mit demselben Firmenlogo bedruckt sind, das einer Glühbirne ähnelt. Darunter erspähe ich noch vier Bleistifte, die ungewöhnlich lang und dick geraten sind. Allesamt bis zum geht-nicht-mehr angespitzt. Auf denen *XXXL* ... und noch etwas draufsteht. Mehr kann ich von hier nicht erkennen. Nachdem wir losgefahren sind, fällt mir ein immer wiederkehrendes Klappern von Metall auf, das aus dem Kofferraum zu kommen scheint.
»Das ist die Metallverkleidung meiner Leuchtmittel«, erklärt er mir.
»Leuchtmittel?«
»Ja, ich bin Handelsvertreter, und vertreibe LED-Beleuchtung an die Industrie und Kommunen.«
»Es gibt mittlerweile LED-Beleuchtung?« frage ich skeptisch.
»Oh ja, und zwar als Ersatz für fast alle Leuchtmittel, die es auf der Welt gibt.«
»Also, Sie meinen jetzt nicht nur Taschenlampen, Spots oder Scheinwerfer von Autos - das, was man halt kennt?«
»Nein, das alles ist bereits ein alter Hut, es gibt mittlerweile LED–Glühbirnen, Röhren als Ersatz für Leuchtstoffröhren, Außenstrahler, HQL-Lampen oder Straßenlampen.«

Er zückt aus seiner Brusttasche eine Visitenkarte hervor und überreicht sie mir. Ich sehe sie mir ein Zeit lang an und sage dann: »Interessant, und so was läuft?«
»Sehr gut sogar«, sagt er und sieht mich mit großen leuchtenden Augen an. Er deutet auf den Haufen Kugelschreiber, und sagt dann: Sehen Sie mal da, da liegen Bleistifte, die sind von meinem bisher größten Kunden.«
Ich greife nach einem dieser geradezu mächtigen Bleistifte, und lese was drauf steht: *XXXL - MÖBEL GIGANT*
»Die kenne ich, die machen doch Werbung mit diesen deutschen Basketballspielern, oder?«, frage ich und tippe mit meinem Zeigefinger auf die wirklich schon extrem gespitzte und recht dicke Minne und durchsteche damit beinahe die Haut von meinem Finger.
»Richtig, die sind seit kurzem Marktführer in Deutschland und bauen zurzeit zahlreiche Produktionshallen in ganz Europa.«
»Okay«, sage ich etwas perplex.
»Und ich habe jetzt den Auftrag bekommen, alle bestehenden Gebäude mit meiner LED-Beleuchtung umzurüsten und die neuen sollen gleich mit meinen Leuchtmitteln ausgestattet werden.« Er legt eine kurze Pause ein. »Außerdem werde ich wohl den Auftrag für deren Tochterfirma bekommen „*Spitzmintz*" das sind diese Zahnstocher mit dem Geschmack von Minze.«

»Ja, die kenne ich ... Wow«, sage ich beeindruckt.
»Wissen Sie, man spart mit diesem neuen Leuchtmittelersatz eine Menge Energie ein«, fährt er begeistert fort.
»Ach, ja?«
»Zwischen siebzig bis neunzig Prozent werden die Stromkosten reduziert, und zudem kommt eine bis zu zehnmal längere Lebensdauer hinzu.« Er zündet sich eine Zigarette an und bietet auch mir eine an. Ich nehme dankend an und sage: »Ist ja Wahnsinn, das hätte ich nicht gedacht.«
»Das tun die meisten nicht, weil diesem Thema in den Medien leider bisher noch zu wenig Aufmerksamkeit geschenkt wird. Außerdem versuchen große Stromkonzerne, dies so gut es geht zu vermeiden, weil es für sie geschäftsschädigend ist.«
»Das kann ich mir vorstellen«, sage ich, und mir wird bewusst, dass dies das erste normale Gespräch ist, das ich seit knapp zwei Tagen führe. Das Thema interessiert mich zwar überhaupt nicht, aber immerhin ist er kein irrer Psychopath, der mir etwas anhängen will – zum Beispiel zwei Morde.
Er redet noch eine Weile über sein Geschäft, und dann ist er für einen kurzen Moment still. Was ich als sehr angenehm empfinde, denn langsam wird unser LED-Gespräch etwas nervig. Die Abenddämmerung ist bereits fortgeschritten, und während Helmut Berger die Scheinwerfer seines Mercedes' einschaltet, fragt er mich, wo ich denn

herkomme und was ich so tue, außer per Anhalter quer durch Deutschland zu fahren.
»Ich komme aus dem Norden und studierte bis vor kurzem noch Psychologie, und jetzt wo ich den Abschluss in der Tasche habe, lege ich eine kleine Pause ein«, lüge ich ihn an.
»Und warum sind Sie als Anhalter unterwegs?«
»Och, das wollte ich schon immer mal machen … ein kleiner Traum aus meiner Kindheit. Frei und ungebunden mal Deutschland … und vielleicht noch andere Teile von Europa erkunden. Mal sehen, wo es mich hintreibt«, lüge ich weiter und komme dabei ganz schön ins Stocken. Was für eine Scheiße erzähle ich hier eigentlich?
»Bestimmt ganz schön, und man erlebt wohl auch so einiges, oder?«
»Ja, das können Sie laut sagen«, antworte ich und muss dabei an die Frauenleiche denken, die ich im Wald verscharrt und anscheinend auch gevögelt habe.
»Sie hören sich aber nicht so an, als ob Sie aus dem Norden stammen«, stellt er fest. »Sie hören sich an wie jemand, der aus Hessen oder Rheinland-Pfalz kommt.«
»Ja … das kommt daher, dass ich einige Zeit bei meiner Tante in Mainz gewohnt habe. Da habe ich wohl etwas von diesem rheinhessischen Dialekt aufgeschnappt.«
»Haben Sie denn auch dort studiert?«
»Nein, nein, woanders.« Scheiße, mir fällt keine Uni ein.

»Ich schätze mal, dass Sie keine Frau oder Kinder haben?«

»Nein, die habe ich nicht«, antworte ich und bin froh darüber, dass er nicht nachfragt, auf welcher Universität ich studiert habe. Dann sagt er: »Ich bin bereits schon seit knapp dreißig Jahren verheiratet, aber Kinder sind mir und meiner Frau leider nicht vergönnt gewesen.«

Ich will gar nicht wissen, weshalb, und hoffe, dass er endlich sein blödes Maul hält. Doch den Gefallenen tut er mir nicht.

»Und Ihre Eltern, was tun die so?«, fragt er mich völlig unvermittelt.

»Meinen Vater habe ich nie kennengelernt, und meine Mutter wird derzeit vom Krebs dahingerafft.« Die Worte kommen wie aus der Pistole geschossen aus meinem Mund, und ich wirke dabei ziemlich genervt. Außerdem sage ich mal zur Abwechslung die Wahrheit. Ihm hat es die Sprache verschlagen.

Ich glaube dass ich Herrn Berger hasse. Ich glaube, dass ich sogar sehr viele Menschen hasse. Ich glaube, dass ich schon immer etwas Misanthropisches in mir habe und frage mich, wo das wohl herkommt? Herr Berger mag zwar sehr nett sein und überaus hilfsbereit, ohne ihn wäre ich höchstwahrscheinlich immer noch an dieser scheiß Raststätte, aber ich glaube, dass ich ihn trotzdem hasse.

Ungeduldig schaue ich auf die Digitaluhr in seinem Auto. Inzwischen ist es draußen schon dunkel.
»Wir müssten doch bald da sein, oder?«, frage ich hin.
»Ich schätze mal, so eine dreiviertel Stunde noch.«
Als er mir gerade noch eine seiner dämlichen Fragen stellen möchte, meldet sich das Android-Handy, das ich in meiner Hosentasche habe, was Herrn Berger abrupt zum Verstummen bringt. Er macht dabei ein Gesicht, als ob er vom Blitz getroffen wurde. Ich entschuldige mich halbherzig für die Unterbrechung seines Redeschwalls und nehme den Anruf des unbekannten Teilnehmers entgegen. Ich scheue mich zwar ein wenig davor, weil dieser Anruf unmöglich für mich sein kann, aber damit Herr Berger wenigstens für einen kurzen Moment seine Klappe hält, ist mir alles Recht.
»Hallo?«
»Hallo Dirk, wie geht es dir?«
Es ist die Stimme!
Aber wie ist das möglich?
»Woher hast du die Nummer?«, frage ich geschockt.
»Dreimal darfst du raten.«
»Kennst du diesen Paul, oder was?«
»Das ist jetzt unwichtig. Was im Moment für dich wichtig ist, ist, dass ich Herrn Berger kenne.«
»Was?«, entfährt es mir.
Ich verstehe gar nichts mehr.

»Du hast richtig gehört, und er weiß auch, wer *du* bist.«
»Ich glaube dir kein Wort.«
»Glaube was du willst, aber du bist uns astrein in die Falle getappt«, sagt er mit hämischer Genugtuung.
Meine Gedanken rasen. Mein Herzschlag beschleunigt sich. Was für ein krankes Spiel läuft hier eigentlich? »Was willst du von mir?« Ich bin innerlich aufgewühlt, doch bevor ich diese Frage stelle, zwinge ich mich zur Ruhe.
»Dir eine Chance geben, das Spiel weiter am Laufen zu halten.«
»Wie meinst du das?« Ich registriere aus dem Augenwinkel, wie dieser Berger zu mir herüberschielt.
»Vielleicht habe ich ja Herrn Berger die Anweisung gegeben, dich direkt zur Polizei zu bringen. Dann ist es aus für dich. Oder du nimmst jetzt diese Chance, die ich dir gebe, wahr, und versuchst diesen Typen loszuwerden, dann spielen wir noch etwas weiter, und vielleicht gewinnst du ja am Ende sogar?«
»Du versuchst doch wieder, mir irgendeine Scheiße einzubrocken«, antworte ich und versuche, möglichst leise zu sprechen, damit dieser Berger nicht zu viel mitbekommt.
»Es wäre besser für dich, wenn du ihn tötest.«
»Ich sollte *dich* töten!«
Ich sehe zu Berger hinüber, der sich völlig ungerührt nach meiner letzten Äußerung am

Telefon zeigt. Er greift lediglich nach einer weiteren Zigarette. Unsere Blicke treffen sich kurz als er sie anzündet. In seinem Blick liegt etwas Unheimliches, als ob er mir mit seinen Augen sagen möchte: „*Ja, ich weiß über alles Bescheid, du bist uns in die Falle getappt.*"
Die Stimme redet weiter: »Ja, Selbstmord wäre in deinem Fall die beste Lösung, aber so weit sind wir noch nicht. Deswegen muss nun Herr Berger dran glauben.«
»Ich töte diesen Mann nicht!«, sage ich leise, aber in einem bestimmenden Ton.
»Na los, mach' es einfach, insgeheim willst du es doch auch, ansonsten würden wir jetzt nicht miteinander sprechen.«
»Du krankes Dreckssschwein!«, schleudere ich ihm voller Verachtung entgegen.
»Wer im Glashaus sitzt, sollte nicht mit Steinen werfen. Und jetzt bring es hinter dich.«
»Nein!«, antworte ich so laut, dass es mein Beifahrer unmöglich überhören kann.
»Wie du willst, ich habe es dir nur angeboten. Dann viel Spaß in einer kleinen Zelle, in der du landen wirst, und zwar für den Rest deines Lebens.«
Die Stimme legt auf. Ich bin verwirrt und weiß nicht, was ich denken soll.
Dann höre ich Bergers nächste Frage: »Ist alles in Ordnung?«
»Ja ... alles okay«, antworte ich mit offenem Mund, ohne ihn dabei anzusehen.

Ich erschrecke mich fürchterlich, als sein Handy anfängt zu klingeln. Fast springe ich vom Sitz auf. Durch mein Verhalten erschreckt sich Herr Berger ebenfalls und sagt dann: »Nur ruhig mein Junge, das wird wohl meine Frau sein.«

Er nimmt das Gespräch mit den Worten *Hallo du* an. Ich bin so angespannt, dass ich mich nicht bewegen kann. Ich frage mich, ob jemand so seine Frau am Telefon begrüßen würde. *„Ja, habe ich dabei"*, ist das Nächste, was er sagt.

Ich werde misstrauisch.

Wen meint er? Etwa mich? Hat die Stimme von Ben doch die Wahrheit gesagt? *„Alles läuft nach Plan, mach dir keine Sorgen, wir werden pünktlich da sein.* Habe ich gerade das Wort „Wir" gehört und „Alles läuft nach Plan"?

Das Android-Handy vibriert kurz. Eine SMS, darin steht: „Hast du gehört, Dirk? Es läuft alles nach Plan ;)"

Die Panik überkommt mich.

»Wer ist da am Telefon«, frage ich ihn laut.

»Pssst ...«, ist alles, was ich als Antwort erhalte.

»Wer ist da am Telefon?«, frage ich erneut mit Nachdruck.

Er winkt nur ab und gibt mir so zu verstehen, dass ich Ruhe geben soll. Aber ich kann mich einfach nicht zurückhalten.

»Sagen Sie mir, mit wem Sie da sprechen!«, befehle ich ihm. Das Misstrauen ist zur puren Paranoia verkommen. Wer ist da am Telefon? Seine Frau

oder die Stimme? Ich muss es wissen, und zwar jetzt!
Aber ich erhalte keine Antwort, also frage ich ihn erneut: »Mit wem sprechen Sie da?«
Er hält das Handy beiseite und sieht mich an, während er sagt: »Ich muss doch sehr bitten, geben Sie jetzt augenblicklich Ruhe!«
Ich sehe ihn direkt in die Augen, und da ist es wieder: *Ja, ich weiß über alles Bescheid, du bist uns in die Falle getappt.*
Ich kann es ihm buchstäblich von den Augen ablesen, und weiß jetzt Bescheid. Er spricht mit der Stimme. Sie stecken unter einer Decke, und sie wollen mich zur Strecke bringen.
Er wendet sich von mir ab und hält sein Handy wieder ans Ohr: „*So, da bin ich wieder*", sagt er, und dann „*Nein, der macht keinen Ärger, alles im Griff.*"
Ich greife in den Haufen Kugelschreiber, die auf der Ablage vor mir liegen, und bekomme einen der großen Bleistifte zu fassen und jage ihm diesen mit voller Wucht in den Hals. Ich erwische ihn vorne, unterhalb seines Kehlkopfes. Er schreit auf, und seine Augen sind weit aufgerissen. Er lässt das Handy fallen und packt mich fest an meinem Hinterkopf. Er drückt so fest, als ob er ihn zerquetschen will und sieht mich dabei an. Seine Augen sind starr aufgerissen und in seinem ungläubigen Blick ist eine Mischung aus Verzweiflung und Todesangst deutlich zu sehen.
Er petzt seine Augen kurz vor Schmerz zusammen, sein Mund ist halb geöffnet und er

würgt, schnappt dabei nach Lauft, Blut beginnt aus seinem Mund zu laufen. Der Mercedes gerät ins Schlingern, ich greife nach dem Lenkrad. Sein fester Griff an meinem Hinterkopf lockert sich, er wird schwächer, und es läuft noch mehr Blut aus seinem Mund. Er versucht weiterhin nach Luft zu schnappen, und versucht mit seiner freien Hand den Bleistift zu fassen, um ihn rauszuziehen was ihm aber nicht gelingt. Ich schaffe es, seinen Fuß vom Gaspedal herunterzutreten und bekomme den Wagen unter Kontrolle. Auf dem Seitenstreifen lasse ich ihn ausrollen.
Ich bin völlig außer Atem und sehe zu, wie der Mann luftschnappend röchelt und das Blut in seinem Mund gurgelnd auf dem Fahrersitz stirbt. Es geschieht zum Glück schnell. Das Blut läuft aus dem aufgestochenen Hals und trieft in die Kleidung.
Ich beginne heftig zu ventilieren und habe das Gefühl, jeden Moment in Ohnmacht zu fallen. Doch ich bin zu wütend dazu, schnappe mir sein Handy und brülle hinein: »Hättest du Penner wohl nicht gedacht, dass ich es wirklich mache, oder?«
Ich hielt den Atem an, mein Oberkörper wippte krampfhaft vor und zurück, während ich mir schweißgebadet das Handy so hart an mein Ohr drückte, dass das Blut darin aufhörte, zu zirkulieren. So wie das Blut desjenigen, der neben mir auf dem Sitz kauerte. Desjenigen, der sich nicht mehr rührte. Desjenigen, den ich gerade ermordet habe!

»Hallo? Wer ist da? Was haben Sie mit meinem Mann gemacht?«
Angst überfällt mich. Es ist, als ob die Angst in dieser Stimme auf mich überspringt und vollständig in Besitz nimmt. Die Angst in dieser unbekannten Stimme.
In dieser Frauenstimme.
O mein Gott, was habe ich nur getan?
In meinem Kopf dreht sich alles. Ich habe einen Mann getötet, der mir nur helfen wollte. Ich habe seine Frau zur Witwe gemacht und sie musste alles mit anhören. Er hat es endlich geschafft. Er hat mich dazu gebracht, einem Menschen das Leben zu nehmen.
Ich stehe unter Schock und ekele mich vor mir selbst.
Ich öffne panisch die Beifahrertür und springe hinaus. Ich schmeiße Bergers Handy in Richtung Leitplanke, wo es in den dahinter wachsenden Büschen verschwindet.
Ich möchte wegrennen, aber ich weiß nicht wohin. Ich bin auf einer Scheißautobahn. Ich brauche den Mercedes. Bergers Leiche muss da raus.
Ich renne zur Fahrerseite und öffne die Tür, ich muss mich beeilen, bevor jemand vorbeifährt und uns sieht. Zum Glück herrscht heute ausgesprochen wenig Verkehr, was schon merkwürdig ist, wir sind immerhin auf einer verfickten Autobahn, wo sind die alle? Nicht, dass ich sie in diesen Moment brauchen würde, aber merkwürdig ist es schon. Aber was rede ich da,

über was wundere ich mich eigentlich noch?
Berger ist schwer, ich brauche meine ganze Kraft, um ihn aus dem Wagen zu hieven und achte darauf, mich nicht mit Blut zu besudeln. Ich denke in diesem Moment nicht an die DNA-Spuren, die ich dadurch an Berger hinterlasse. Ich schleife ihn zur Leitplanke, hebe ihn mit letzter Kraft darüber und lasse ihn los. Sein Körper rollt die Böschung hinab und verschwindet in dem dichten Grün.
Bevor ich wieder in den Mercedes einsteige, sehe ich mir kurz den Fahrersitz an, der so gut wie kein Tropfen Blut abbekommen hat. Das wenige, das dort vorhanden ist, wische ich mit einem Taschentuch weg. Steige dann ein und fahre schnell weiter.
Ich stehe noch immer unter Schock, es kommt mir alles so unwirklich vor.
Ein plötzlich auftretendes Geräusch erschreckt mich zu Tode.
Es ist das Android-Handy. Verdammt, das ist ja auch noch da!
Auf dem Display wird die Nummer von Dennis angezeigt. Ängstlich drücke ich den Anruf weg und werfe das Android-Handy in den Fußraum des Beifahrersitzes.

Ich bilde mir ein, dass die Stimme über die Lautsprecherboxen im Mercedes zu mir spricht:

Denkst du denn wirklich, dass du mich so leicht los wirst?

Hilfe suchend II

Und jetzt bin ich hier.

Ich sitze noch immer an derselben Stelle. Mit dem Rücken an Ritas Tür angelehnt, während ich ihr meinen Horrortrip der letzten Stunden erzählt habe. In der Hoffnung, dass sie mir glaubt. Dass sie eine Art Mitleid für mich aufzubringen vermag, damit sie so einen inneren Drang verspürt, der sie dazu bewegt, mir zu helfen.

Denn eins ist klar, alleine komme ich aus dieser Sache nicht mehr heraus.
»Und was ist dann passiert?«, fragt sie mich.
»Wie, was ist dann passiert?«, frage ich gegen.
»Na ja, wie bist du jetzt hergekommen?«

Stimmt, da war ja noch etwas. Wie bin ich eigentlich hierhergekommen? Das Letzte, an das ich mich erinnere, ist, wie ich mir eingebildet habe, nach dem Mord an Berger, d*ie Stimme* in den Lautsprecherboxen des Mercedes zu hören. Und dann stand ich auf einmal hier vor dem Haus und bin hineingegangen. Was ist dazwischen passiert, und wo ist das Auto? Ich kann mich nicht daran erinnern, den Wagen vor dem Haus abgestellt zu haben, geschweige denn, ihn gesehen zu haben. Ich durchwühle meine Hosentaschen nach dem Autoschlüssel. Doch da ist nichts, auch von dem Android-Handy fehlt jede Spur. Meine Taschen sind komplett leer.
»Ich weiß es ehrlich gesagt selbst nicht«, sage ich zu ihr, und dann: »Ich muss wohl einen Blackout oder so gehabt haben, ich kann es dir wirklich nicht sagen. «
Leider.
Denn so ist meine Geschichte unvollständig und womöglich in ihren Augen auch unglaubwürdig, wenn sie nicht jedes Detail kennt. Diesen letzten Teil bleibe ich ihr schuldig, weil ich ihn selbst nicht kenne, was bedeutet, dass auch mir etwas fehlt: Meine Erinnerung. Aber vielleicht möchte ich mich

auch ganz bewusst nicht daran erinnern? Vielleicht ist etwas so Furchtbares in diesen dunklen Stunden vorgefallen, dass ich jegliche Erinnerung daran tief in mir begraben habe - weil ich es nicht ertragen würde, mir dessen bewusst zu sein? Sie unterbricht meinen Gedankenfluss, indem sie zu mir sagt: »Das ist eine ziemlich haarsträubende Geschichte, die du mir hier aufgetischt hast.«
»Ja, ich weiß, aber es ist die Wahrheit.«
»Also, wenn das alles wirklich die Wahrheit sein sollte, dann...« Sie traut sich nicht weiterzusprechen.
»Dann?«
»Dann kann ich es nicht fassen, dass du es tatsächlich mit einer Leiche getrieben hast!« Das Entsetzen und der Ekel ist deutlich in ihrer Stimme zu hören.
»Ja, ... das kann ich auch nicht«, sage ich und blicke dabei zu Boden. Die Scham steht mir vermutlich buchstäblich ins Gesicht geschrieben, und ich versuche es zu verstecken. Jetzt bin ich richtig froh darüber, dass die Tür verschlossen ist und sie mich nicht so sehen kann. Allerdings bin ich auch etwas angepisst über ihre Äußerung. Ich habe schließlich auch einen Menschen getötet, worauf sie überhauptkeine Reaktion gezeigt hat und werde verdächtigt, meinen besten Freund ermordet zu haben. Aber all dies scheint nun auf einmal nur nebensächlich in ihren Augen zu sein, weil ich ja Sex mit einer Toten gehabt hatte. Was allerdings noch nicht eindeutig bewiesen wurde,

denn ich kann mich selbst an diesen angeblich vollzogenen Akt nicht erinnern. Und nur, weil ich neben der toten Frau aufgewacht bin und dabei nackt war, und ein mit Sperma gefülltes Kondom übergezogen hatte, heißt das noch lange nicht, dass ich das auch getan habe. Das Sperma muss ja nicht meines gewesen sein - oder echtes Sperma. Mir kann ja jemand, als ich ohnmächtig war, das Kondom übergezogen haben, und das Sperma oder etwas ähnlich Aussehendes war schon darin. Davor wurde ich noch komplett ausgezogen, und neben die Leiche gelegt. Damit es bei mir , sobald ich aufwache, den Anschein erregt, dass ich es tatsächlich getan habe. Ist doch plausibel, oder? Auf diese mögliche Sicht der Dinge bist du bestimmt nicht gekommen, was, Rita? Blöde Kuh!
»Vielleicht hat der Typ Hypnose oder so was drauf, und hat mich so dazu gebracht, es zu tun«, schiebe ich hinterher. Und betitele mich damit insgeheim selbst als Feigling. Ich hätte ihr das Gedachte von eben gegen den Kopf schmeißen sollen, doch es kommt nur dieser lächerliche Satz aus mir heraus.
»Ja, wahrscheinlich.« Sie versucht sich das Lachen zu verkneifen, während sie das sagt.
»Was ist nun, hilfst du mir?«, frage ich sie ungeduldig und mittlerweile genervt.
Dies wird meine letzte Bitte an sie sein. Von ihrer Antwort mache ich alles Zukünftige abhängig. Wenn sie mir hilft, gut, wenn nicht, auch gut.

Die endgültige Resignation ergreift Besitz von mir. Meine Verzweiflung über das Vorgefallene ist zu Gleichgültigkeit verkommen. Ich will nur noch, dass es vorbei ist, egal, wie es am Ende für mich ausgeht. Mein altes Leben ist sowieso nur noch eine Erinnerung. Selbst wenn sich nun alles zum Guten entwickeln sollte, wäre nichts mehr wie es vorher war. Ich bin nun ein anderer Mensch in einem komplett neuen Leben.
»Dirk, weißt du noch, warum ich damals mit dir Schluss gemacht habe?«
Sie kommt mit einer Gegenfrage. Wie ich das hasse. Warum fällt es Frauen nur immer so schwer, mit einem einfachen 'Ja' oder 'Nein' zu antworten? Stattdessen wird eine Gegenfrage gestellt, die auch noch völlig am eigentlichen Thema vorbeigeht. Dabei merke ich in meinem Ärger nicht, dass ich kurz zuvor selbst mit einer Gegenfrage kam. Muss die mir denn alles nachmachen?
»Klar weiß ich das noch, du fühlst dich von mir belogen und ausgenutzt, weil ich dir nie in all den Jahren meine Liebe gestand, oder so ähnlich halt ...«, antworte ich ihr reumütig.
»Das war aber nicht der einzige Grund«, sagt sie in einem bedauernden und geradezu vorsichtigen Tonfall.
»Was war denn noch? Gab es etwa einen anderen Typ?«
»Nein.«
»Sondern?«

»Ich hatte Angst vor dir.«
Das ist mal etwas Neues. Ich hätte jetzt mit allem gerechnet, aber nicht mit dem. Die Worte treffen mich bis tief ins Mark.
»Wieso hattest du denn Angst vor mir? Ich wüsste nicht, dass ich dir jemals dafür einen Grund gegeben hätte.«
»Das hast du auch nicht, nicht direkt jedenfalls. Es war dein Verhalten, das immer merkwürdiger wurde.«
»Inwiefern?«
»Du hast angefangen, zu schlafwandeln und währenddessen hast du Selbstgespräche geführt.«
»Ich hab was?«, frage ich sie erstaunt, obwohl eine Aussage über meine „Selbstgespräche" schon das ein oder andere Mal gefallen war. Aber nie von jemandem, mit dem ich so eng verbunden war, wie mit Rita. Eigentlich immer nur von Leuten die mich nicht leiden können und mir eins auswischen wollen.
»Du hast Selbstgespräche geführt, zunächst nur, wenn du geschlafen hast, doch dann habe ich dich auch dabei ertappt, während du wach warst. Oder wenn wir zusammen auf der Couch saßen und uns einen Film ansahen, oder morgens beim Frühstück. Es kam mir vor, als ob du ewig weit weg wärst, und von dem, was sich in diesen Momenten abgespielt hat, gar nichts wahrgenommen hast. Manchmal kam ich mir auch so vor …«, sie unterbricht sich und legt eine Pause ein, bevor sie

weiterspricht, »… als ob ich es mit einer anderen Person zu tun habe.«

Das alles hört sich so unwirklich an, dass es sich meiner Vorstellungskraft entzieht. Ich kann nicht erwarten, was sie als Nächstes sagt. Ich bitte sie fortzufahren.

»Dein Verhalten war stellenweise komplett anders, du wolltest ohne einen Grund mit anderen Leuten Streit anfangen, was du sonst nicht machst. Du hattest richtige Wutanfälle wegen Kleinigkeiten. Wenn wir zum Beispiel beim Einkaufen im Supermarkt an die Kasse kamen und eine ältere Frau, die gerade bezahlte, dies mit ihren kleinen Cent Stücken tat und den ganzen Betrieb damit aufhielt, bist du richtig ausgerastet. Das eine Mal hast du eine alte Frau so fertig gemacht, dass sie anfing zu weinen. Und wie du immer Amok gelaufen bist vor jedem nicht funktionierenden Pfandautomaten. Ich hatte irgendwann beschlossen kein Pfand mehr zu sammeln und gleich wegzuschmeißen. Manchmal habe ich es sogar heimlich abgegeben. Du hast sogar einen kleinen Jungen von seinem Fahrrad gestoßen, als dieser zu nahe an dir vorbeifuhr. Lauter solche Sachen hast auf einmal gemacht.«

»Was? Daran kann ich mich gar nicht erinnern«, stelle ich überrascht fest.

»Das überrascht mich nicht. Denn immer, wenn ich dich nach solchen Aktionen darauf ansprach, wusstest du von gar nichts.«

»Entschuldige, aber ich kann das nicht richtig glauben«, mache ich ihr klar.
Ich müsste mich doch an solch ein Verhalten erinnern. Mir will einfach nicht in den Kopf gehen, was sie da über mich schildert. Das bin ich nicht. Ich war schon immer nett – höflich und zuvorkommend. Ich bin das gottverdammte Musterbeispiel des netten Jungen von nebenan. Und nette Jungs von nebenan bringen keine alten Frauen zum Weinen und schubsen auch keine Kinder von Fahrrädern. Sie fangen auch nicht grundlos Streit an, oder laufen im Schlaf durch die Gegend und quatschen mit sich selbst. Von wem redet die da?
»Glaub es ruhig, denn du hast all das getan … Dirk, du wurdest mir einfach nur noch unheimlich. So unheimlich, dass du mir Angst gemacht hast und dass ich keine andere Wahl hatte, als mich von dir zu trennen. Von deinem saublöden Geständnis mal abgesehen.«
Auf das eben Gesagte folgt ein beiderseitiges Schweigen. Was tonnenschwer in der Atmosphäre lastet.
»Dirk, ich denke, dass du all diese Menschen umgebracht hast«, sagt Rita zu mir, und so wie sie es zu mir sagt, erweckt es den Eindruck, als ob sie es mir schonend beibringen möchte. Doch das bringt nichts, denn ich habe niemanden getötet. Und ich weiß auch nicht, was das ganze jetzt soll.
»Nein, das habe ich nicht. Das schwöre ich dir«, versichere ich ihr und versuche dabei möglichst

überzeugend und ehrlich zu klingen. Ich komme mir vor, als ob ich auf der Anklagebank sitze und jeden Moment zur lebenslangen Haft verurteilt werde. Obwohl ich doch Unschuldig bin.
»Dirk, du hast sie alle auf dem Gewissen, davon bin ich überzeugt«, sagt sie, diesmal weniger schonend, sondern mit unumstößlicher Überzeugung in der Stimme.
Was erzählt sie da eigentlich? Angst hatte sie gehabt?
Angst?
Das soll jetzt auf einmal "der wahre Grund" sein? Angst vor *mir*? Der *sie alle auf dem Gewissen* haben soll?
Sie verstrickt sich hinter ihrer verfluchten Tür immer tiefer in ihre eigenen Lügen. Vielleicht ist sie es selbst, vor der sie Angst hat! Oh ja, ganz genau.
Angst, geliebt zu werden. *Das* ist es! Nur deshalb waren alle ihre vorherigen Bekanntschaften nämlich auch so schnell wieder zu Ende gewesen! Diese dumme Schlampe!
Ich habe sie jahrelang *belogen*? Ich habe sie jahrelang *geliebt*!
Geliebt, während sie die Augen davor verschlossen hat, um es ungehindert reihenweise mit anderen treiben zu können! Sie *wusste nicht*, dass ich sie liebe? Oh, was für eine Überraschung! Was für eine Lüge! Diese verfluchte Mistschlampe - ich war ihr *bester Freund*? Wahrscheinlich am *besten* geeignet zu Silvester von der Reservebank

geholt zu werden, als das Jucken immer schlimmer wurde! *Wer* ist denn hier in Wirklichkeit belogen, regelrecht missbraucht worden? Ich! Ich, und niemand anders! Der Dumme, der schon immer der Dumme war und es am besten auch bleiben sollte, bin ich! Der Übungsdummy für eine beziehungsunfähige Halbhure, ein Zweijahrespuzzleteil im großen, unfertigen Lebensbild ihrer seriellen Monogamie!
Weil ich sie liebe, habe ich sie belogen! Soso - da war die körperliche Zuwendung irgendwelcher geilen Hurenböcke doch viel besser gewesen, nicht wahr? Viel *sicherer*, richtig?
Ich verstehe, wieso sich diese verfluchte Tür nicht öffnet.
Oh ja, ich verstehe.
Wer wusste, dass er gar nicht geliebt wurde, dem brauchte es auch nichts auszumachen, wenn der Kerl irgendwann ging, nicht wahr? Wer nicht geliebt wurde, der konnte nämlich auch nicht verlassen werden, wie? Jedenfalls nicht im klassischen Sinne. Dafür hatte sie sich nach Belieben einreden können, sie werde geliebt, wann immer sie es sich einreden wollte!
Allmählich wird mir alles vollkommen klar. Danke Rita, dass deine neuen dreckigen Lügen endlich deine schmierige, inszenierte Trennungslüge enttarnen, du widerwärtige Fotze.
Der "beste Freund" war in Wirklichkeit schon lange der "eigentliche Liebhaber"? Wie das brennen musste, wenn man selbst nicht lieben

konnte, nicht war Rita Schatzi? Wenn man sich ewig selbst einreden musste, man werde nicht geliebt, weil man selbst gar nicht wusste, was das war! Wie grauenhaft, wenn die Illusion, alles in der Hand zu haben, mit einem Mal weggefegt wurde! Wenn die Lüge des besten Freundes - sein gut gehütetes Geheimnis - mit dir auf einmal das gemacht hat, was du selbst mit dir *und* mit allen anderen die ganze Zeit über getan hast!
Wie schlimm es doch für dich gewesen sein muss, wenn deine eigenen, gut gehüteten Geheimnisse dir auf einmal zuflüstern: *Ich, die Lüge, bin deine ganze, eigene Vergangenheit.*
Die Möglichkeit, verlassen werden zu können, nährte ihre ganze Angst. Genau das war es. Und die einzige Chance, diese Möglichkeit auszuschalten, lag darin, denjenigen, der sie in Wahrheit liebte, selbst zu verlassen, bevor *er* es tun konnte. Die Tür muss *von innen* verschlossen werden - im wahrsten Sinne des Wortes. Und sie muss es *bleiben*! Damit die Lebenslüge in Sicherheit bleibt.
Das ist ihre ganze Angst. *Das* ist ihr ganzes ungeliebtes Leben. Das *ist* Rita.
Wie sie gezittert hat, als sie die Wahrheit erfuhr! Wie ihr ganzes Gesicht ein einziges Entsetzen war, als ihre Todesangst vor meiner Liebe - vor Liebe *an sich* - ihre Seele zu Eis gefror! Würde sie doch wenigstens irgendwann von jemandem, der sie lieben *durfte*, getötet werden! Ja, diese Botschaft hatte zuletzt überdeutlich in ihren blauen Augen

gestanden. Aber so jemanden gab es ja nicht, richtig? Es *durfte* ihn nicht geben. Und *sie selbst* war der einzige Grund dafür. Niemand anders!

Aber was macht das alles jetzt noch aus?

Sie hatte mich damals angestarrt, und ich war gegangen. Es hätte im Ruhigen geschehen sollen, im Guten - aber dazu hätte ich gehen müssen, ohne mich zu verabschieden.

Doch das konnte ich nicht. Ich *musste* mich von ihr verabschieden! Und ich tat es, bevor ich ging.Ich ging, nachdem mir alles genommen worden war. Ich muss wirklich verrückt sein, dass ich jetzt zurückkehre, um noch mehr von dem zu bekommen, das sie mir niemals gegeben hat.
Aber ich muss jede Chance nutzen.
Jede, und sei sie auch noch so gering.
Ich muss endlich hineingelangen. Wenn ich irgendetwas muss, dann das!

Und auch sie muss etwas tun. Sie muss endlich diese gottverdammte Tür öffnen.
Sie muss wissen, dass ich kein Mörder bin!

Was sage ich ihr?

»Vielleicht ist das, was du über mich gesagt hast, ja alles wahr. Dass ich Selbstgespräche führe und der ganze Rest von dem, was du gerade über mich

erzählt hast. Aber das heißt noch lange nicht, dass ich deswegen Menschen töte. Ich bin doch nicht verrückt.«
»Doch, das bist du«, antwortet sie mir nüchtern.

»Wie kommst du darauf?«

»Weil du schon wieder mit dir selbst redest.«

Verschwinde von hier.
(Disappear Here)

»Weil du schon wieder mit dir selbst redest.«

Ich höre es klar und deutlich, doch ich will es nicht wahrhaben, das eben Gesagte will nicht in mein Großhirn vordringen. Was hat sie gerade gesagt? Der Flur kam mir plötzlich winzig vor.

Mich überkommt ein Gefühl, als würde ich ins Leere fallen, ähnlich wie direkt vor dem Einschlafen. Mir wird es ganz komisch.
Habe ich mir das gerade vielleicht nur eingebildet, oder sagte Rita gerade wirklich zu mir, dass ich mit mir selbst reden würde?
Hat sie, oder nicht?
Werde ich jetzt verrückt oder bin es schon?
Die Worte haben mich augenblicklich aufstehen lassen, und jetzt stehe ich da und fühle mich wie vom Blitz getroffen.
»Rita?«, rufe ich und klopfe leicht an
Sie antwortet nicht.
Also nochmal: »Rita, Rita?«
Wieder nichts.
Ich rufe erneut nach ihr, und presse mein Ohr gegen die Tür, um wenigstens irgendetwas zu hören. Eine Bewegung, Schritte, ein Flüstern, (*vielleicht ist sie ja nicht alleine*, sagt mir irgendetwas in meinem Kopf), oder das Wählen der Tastatur ihres Telefons (*vielleicht ruft sie ja die Polizei?*, war noch so eine Idee von der Stimme in meinem Kopf), irgendetwas.
Aber nichts ist zu hören.
Das macht mich so wütend, dass ich beginne, mit meinen Fäusten gegen ihre Tür zu hämmern und fortlaufend rufe: »Rita, Rita ... Rita, verdammt, gib Antwort!«, dann rüttle ich an dem Türknauf, und erlebe ein Überraschung die mich versteinern lässt.
Die Tür ist überhaupt nicht verschlossen.
Warum ist die Tür nicht verschlossen?

Hast du vielleicht einen Schlüssel und hast sie bereits aufgemacht?
Hat Rita sie mir aufgemacht?
Gibt sie mir deswegen keine Antwort?
Ist das ihre Art mir zu sagen, dass ich doch einfach hereinkommen soll?
Oder war die Wohnungstür niemals verschlossen?
Ich gebe der Tür einen leichten Stoß, sie schwingt ganz auf und verharrt dann an dieser Stelle. Ich kann nun in Ritas Wohnung sehen. Doch von Rita fehlt jede Spur. Ich blicke direkt in den Wohnbereich ihrer Zwei-Zimmer Wohnung. Würde ich jetzt eintreten, dann stehe ich direkt in ihrem Wohnzimmer. Es ist alles so unordentlich geradezu chaotisch. Eine Tischlampe, die auf dem Boden liegt, sowie ein Stuhl. Ein kleiner Bilderrahmen aus Holz liegt mit der Vorderseite auf dem Boden, und der integrierte Ständer steht so ab, dass man den Rahmen ohne Probleme wieder aufstellen könnte. Einzelne Kleidungsstücke sind überall verteilt, und die Sitzkissen des Sofas liegen überall herum, nur nicht an ihrem eigentlichen Platz. Das alles passt gar nicht zu Rita, sie ist die ordentlichste Frau, die ich kenne. Irgendetwas stimmt hier nicht. Es sieht beinahe so aus, als ob hier etwas geschehen ist, ein Kampf vielleicht?
Warst du das eventuell?
Ich muss mich regelrecht zwingen hineinzugehen, irgendetwas in mir will das allerdings nicht zulassen, irgendetwas möchte mich warnen, mir sagen: *Lauf besser weg. Weit weg. Wenn du jetzt durch*

diese Tür gehst, gibt es kein Zurück mehr. Du erfährst zwar die Wahrheit über alles, aber es gibt kein Zurück, sei dir dessen bewusst.
Ich nehme diese Warnung ernst, aber zugleich verwirrt sie mich auch.
Warum sollten die Geschehnisse der letzten Stunden gerade hier in Ritas Wohnung aufgeklärt werden?
Was hat Rita damit zu tun?
Hat die Stimme, die diesem komischen Ben gehört, Rita in Gewahrsam und ich treffe gleich auf ihn?
Oder erpresst er Rita?
Stecken die Stimme und Rita womöglich unter einer Decke?
Ich weiß es nicht. Aber ich muss es wissen. Das Bedürfnis endlich die Wahrheit zu erfahren, endlich zu wissen, welch krankes Spiel mit mir gespielt wird, ist beinahe übermächtig.
Mein Herz hämmert und hämmert, sodass ich es sogar in den Ohren spüre. Ich bewege mich langsam, jeden Schritt den ich mache ist sorgsam bedacht, als ob ich barfuß auf Scherben laufen würde. Aber ich bin jederzeit bereit, kehrt zu machen und wegzulaufen.
Nachdem ich die Wohnung betreten habe, gebe ich der Tür wieder einen kleinen Stoß, damit sie ins Schloss fällt und laufe bis zur Mitte des Wohnzimmers. Ich hebe den kleinen Holzbilderrahmen auf. Ich drehe ihn, um mir die Vorderseite anzusehen. Die Glasscheibe, die sich in dem Holzrahmen befindet, hat einen tiefen

Sprung, der sich quer über die obere linke Ecke bis zur unteren rechten Ecke des Glases zieht. Hinter dem Glas verbirgt sich ein Bild von Rita und mir. Darauf liegen wir uns in den Armen und grinsen dämlich in die Kamera. Wir sehen glücklich aus, und das waren wir auch. Ich kenne dieses Bild und weiß noch genau, wo es entstanden ist:
In unserem ersten und einzigen gemeinsamen Urlaub. Es war auf Madera. Zwei Wochen waren wir dort und genossen den Strand, die Berge, das fantastische Klima, und die Atmosphäre. Es herrschte eine unglaubliche Ruhe, in der wir nur Zeit für uns hatten. Der Hinflug war zwar etwas nervig, da wir leider nur Plätze in der Touristen-Klasse bekamen, und dann war da noch der Beinahe-Absturz beim Landen auf Madera, jedenfalls kam es uns so vor. Fliegt niemals mit diesem Billiganbieter aus Berlin. Es war trotz allem wunderschön dort. Wir zogen das komplette Touristenprogramm durch, bereisten ganz Madera mit dem Bus, besuchten die wunderschönen antiken Kirchen, nahmen an einer Fahrt auf einem echten Piratenschiff teil, wo ich furchtbar seekrank wurde. Aufgrund des heftigen Seegangs, der einen kurzen Moment den Eindruck vermittelte, dass wir kentern würden. Wir sahen Delfine und eine Meeresschildkröte und schwammen in einer Bucht, in der das Wasser so klar war, dass wir den Meeresgrund sehen konnten. Wir hatten fast jeden Tag Sex, mehrmals. Die nächtlichen Spaziergänge

am beleuchteten Strand waren immer die krönenden Abschlüsse der perfekten Tage dort. Ich lege den Bilderrahmen wieder an den Platz zurück, von dem ich es aufhob. Wieder mit der Vorderseite auf den Boden. Damit es niemand sieht, noch nicht einmal ich. *Lass die Vergangenheit ruhen,* sagt mir dieses Etwas in meinem Kopf. Und die Stimme, die ich mir dabei einbilde kommt mir irgendwie bekannt vor, doch ich kann sie nicht einordnen.

Ich höre plötzlich eine Melodie. Besser gesagt einen Song, ich kenne diesen Song. Es ist *Hammerhead* von *The Offspring.* Er kommt von einem Handy, das auf dem Wohnzimmertisch liegt. Dieses Handy sieht meinem verflucht ähnlich. Scheiße, ich glaube, das ist mein Handy! Wie kommt das denn hierher, ich habe es doch auf die Autobahn geworfen. *Bang, bang, it hammers in my head.*

In my head, in my head singen *The Offspring,* und sie haben verdammt recht. Was geht hier ab? Ich gehe an das Handy und nehme den Anruf entgegen.

»Wer ist da?«, schreie ich.

»Ich bin es, deine Lieblingsstimme«, gibt die Stimme fröhlich zur Antwort.

»Wie zum Gei… Verdammte Scheiße, wie hast du mein Handy … ich … AHHH … FUCK!« Mir fehlen die Worte.

»Hast du mich vermisst?«

»Fick dich!«

»Was für eine Ausdrucksweise. Küsst du mit dem Mund deine Mutter?«
»Wo ist Rita?
»Immer schön langsam, eins nach dem anderen.«
»Halts Maul, ich mein, nein, mach dein Maul auf!«
»Na was denn jetzt, entscheide dich?«
»Sag mir wo Rita ist! Was hast du ihr angetan?«
»Die Frage sollte wohl besser lauten: Was hast du ihr angetan?«
»Was?«
»Hast schon verstanden.«
»Nichts habe ich ihr angetan!«
»Na dann habe ich ihr auch nichts angetan.«
»Wo ist sie?«
»Keine Ahnung, vielleicht im Badezimmer? Schau doch mal nach.«
Er will, dass ich ins Badezimmer gehe - warum will er das? Ist Rita wirklich dort, oder lauert dieser Mistkerl da. Ist es eine Falle oder nicht, und warum soll Rita im Badezimmer sein? Sie hätte sich doch längst gemeldet nach dem ganzen Krach, den ich veranstaltet habe. Und wenn sie doch dort ist, womöglich geknebelt in seiner Gewalt, oder liegt dort ihre Leiche? Es gibt nur einen Weg um es herauszufinden, aber ich möchte nicht dort hineingehen, ich habe das komische Gefühl, dass, wenn ich das Badezimmer jetzt betrete, es kein Zurück mehr geben wird und nichts mehr ist wie es war.
Ich gehe in das Badezimmer und was ich dort sehe, ist eine Badewanne, die mit Blut gefüllt ist.

Und darin liegt Rita.
Das Handy fällt mir aus der Hand und fällt auf den weißen Flies Boden. Beim Aufprall zerfällt es in seine Einzelteile und verschwindet kurz danach. Ich will schreien, doch ich bekomme keinen Ton heraus. Stattdessen höre ich einen unsagbar lauten, grellen und zugleich dumpfen Piep Ton, verbunden mit einem gewaltigen Druck auf meinen Ohren.
Im Zeitraffer sehe ich, wie sich das Blut von einem dunklen Rot in ein helles Rot verwandelt, es wird heller und heller, bis es zu klarem Wasser wird, das verdunstet. Jetzt liegt nur noch der nackte und leblose Körper von Rita in der Wanne, doch auch dieser löst sich auf: Ich sehe, wie sich ihre Haut langsam vom Körper löst. Dann sehe ich das nackte Fleisch, ihre Muskelstränge und Adern. Wie ihre Augen aus der Höhle hervortreten und anschließend über ihren Körper in die Wanne kullern. Ich sehe, wie sich das Fleisch selbst von den Knochen schabt. Ihr Skelett und die Organe kommen zum Vorschein. Doch sie verschwinden wieder. Bis nur noch ihr nacktes Skelett übrig bleibt und dieses zu Staub verfällt. Die Wanne ist mit einem Mal leer.
Du siehst nur das, was du willst.
Auf einmal ist alles so klar.
Ich kann mich jetzt an all meine Taten erinnern: Der Mord an Dennis, diese unbekannte Frau, die ich an der Autobahn verscharrt habe. Herr Becker, der so freundlich war mir zu helfen, und dafür mit

seinem Leben bezahlen musste. Ich habe
tatsächlich all diese Menschen auf dem Gewissen.
Ich beginne zu weinen.
Hast du es jetzt endlich verstanden?
Die Stimme ist meine schizophrene Halluzination,
und sie spricht zu mir.
*Hast du endlich kapiert, dass du ein sehr kranker junger
Mann bist, der anderen Menschen Schaden zufügt?*
Ich verliere den Verstand.
Das hast du schon.
Nein, das kann nicht sein!
Na komm schon, Dirk, lass mich endlich herein.
Wo hinein?
*In deinen Kopf. Noch stehe ich vor der Tür und flüstere
dir nur zu. Aber wir müssen miteinander verschmelzen,
damit du deine Taten auch wirklich miterleben kannst.
Keine Erinnerungslücken mehr, keine Black Outs, wäre
das nicht herrlich?*
Nein, du bleibst draußen!
*Aber es gibt doch niemanden mehr, der zu dir hält, nur
noch ich bin da.*
Warum? Ich verstehe das nicht.
Du musst nur verstehen, dass wir ernten was wir säen.
Ich verstehe es noch immer nicht?
Du hast mich erschaffen.
Wie?
Durch deine Angst. Deine Angst vor jedem und allem.
Angst?
*Ja, deine Angst, und deine Wut, deine Verzweiflung
darüber, nicht zu wissen, wer dein Vater ist. Das er nie
für dich da war. Dich allein gelassen hat mit dieser*

Hure von Mutter, die ständig einen anderen Typen angeschleppt hat. Die Tatsache, dass du ihr scheißegal und nichts anderes als lästig warst. Dass dein Vater dich allein gelassen hat bevor du auf der Welt warst, dass er noch nicht einmal weiß, dass es dich gibt. All das hat mich erschaffen und dich zu dem gemacht, was du bist: Ein ängstlicher, kleiner Versager voller Selbstzweifel, mit keiner Spur Mumm in den Knochen. Du bist doch schon immer vor allem weggelaufen.
Nein das kann nicht sein.
Weißt du wirklich nicht mehr, wie das damals für dich war – für dich als Klassenaußenseiter. Du warst dein Leben lang ein Außenseiter, ein Loser wie er im Buche steht. Der Tag für Tag gehänselt, verprügelt und auf jede erdenkliche Art fertig gemacht wurde. Sogar deine Lehrer haben sich über dich lustig gemacht. Von der Grundschule bis zum Gymnasium. Egal was du auch geleistet hast, du bekamst nie Anerkennung. Noch nicht einmal von deiner Mutter, obwohl du dich doch so angestrengt hast.
Und das obwohl du eigentlich beinahe ganz normal aufgewachsen bist. Okay, du wurdest von deiner Mutter vernachlässigt und hast nie deinen Vater kennengelernt, aber dir wiederfuhr kein sexueller Missbrauch und auch keine streng religiöse Erziehung, die zu Ausschweifungen oder Auswüchsen religiöser Konservatismus führte. Wie hätte das auch möglich sein können, deine Mutter ist die Hurre Babylons himself. Nie hast du dich getraut dein Maul aufzumachen. Immer hast du zu allem „Ja und Amen" gesagt. Alles ohne Widerworte so hingenommen, und dich anschließend in deinem Kopf darüber beklagt. In diesen

*Momenten hast du mich entstehen lassen, immer mehr zu einem Teil von dir selbst werden lassen. Hat dir niemand gesagt, dass es „**Mund bewegt Lippen**" heißt?*
Du hast alles über dich ergehen lassen, und warst im Nachhinein wütend darüber. Wütend über deine eigene Feigheit. Dass du schon früh begonnen hast Selbstgespräche zuführen, in denen du all diese Situationen, in denen du zu ängstlich warst etwas dagegen zu unternehmen, also IMMER, nachgespielt hast. Immer und immer wieder, und das alles in deinem Kopf.
Selbst als Rita endlich erbarmen zeigte und dich an ihrer Titte saugen ließ, konnte mich das nicht mehr aufhalten. Es war bereits zu spät. Es wurde dadurch nur in die Länge gezogen, doch Stück für Stück erlangte ich immer mehr Besitz über dich. Und als Rita dich dann verlassen hatte, konnte ich dich endgültig für mich einnehmen. Und jetzt wirst du mich nie wieder los!
Nein! Nein ...
Wie oft hast du dir schon gewünscht, jemand anderes zu sein. Jemand, den man nicht so leicht herumschubsen kann. Jemand, vor dem alle Respekt und Furcht haben.
Ich bin deine Rache.
Mach dir endlich bewusst, dass du bereits begonnen hast Amok zu laufen, und dass nichts und niemand dich aufhalten kann.
Verschwinde und lass mich in Ruhe!
Das geht nicht mehr. Hättest du dich jemals deiner Angst gestellt, gäbe es mich nicht.

Verschwinde doch einfach wieder, ich will das alles nicht mehr!
Zu Spät.
Verflucht, nein, verdammt nochmal!
Na los, lass mich endlich rein, lass mich endgültig in dein süßes, kleines Gehirn. Hör endlich auf, dich zu wehren und du wirst nie wieder ängstlich und alleine sein.
Ich beginne zu resignieren. Irgendwann gibt jeder auf.
Gut so, mein Junge. Du wirst jetzt in Zukunft alles tun, was ich dir befehle.
Ich bemerke wie die Wohnungstür aufgeschlossen wird, die Tür öffnet sich. Und eine Gestalt tritt herein. Ich kann nicht erkennen wer es ist. Ich sehe verschwommen und muss mir zuerst heftig die Augen reiben bevor ich etwas sehen kann.
Es ist Rita!
Sie bleibt auf der Stelle stehen und starrt mich ungläubig an.
Rita? Sie lebt?
Ja, und genau das ist unser Problem.
Wie meinst du das?
Du weißt, was du zu tun hast.
Nein.
Töte sie.
Das kann ich nicht!
Doch du kannst.
Nein, bitte lass sie am Leben!
Du weißt genau, wenn du sie nicht tötest, werde ich es tun.

Ich gehe auf Rita zu, und sie sagt zu mir: »Tu mir nichts, bitte Dirk.«

Das Ende ist noch nicht vorbei...

Um all dem ein Ende zu setzen, bleibt mir nur eine Lösung.
Ich muss mich Töten!
Der Wahnsinn, der in meinem Kopf stattfindet, ist ins wahre Leben übergegangen.
Noch ist es nicht zu spät, um dem Wahnsinn ein Ende zu setzen, bevor ich noch weiteren Menschen das Leben nehme.
Doch du kannst dich nicht selbst töten, weil du davor viel zu große Angst hast.
Die Stimme hat Recht.

ENDE ?

NACHWORT

Sie verfolgten in diesem **Psycho**thriller einen Mann der dem Wahnsinn verfällt, dessen Hauptursache seine, Angst vor Konflikten, geschweige denn irgendwelche einzugehen, maßgeblich Schuld daran ist. Aber bevor Sie Dirk nun verurteilen, denken Sie doch einmal darüber nach, wie Sie selbst Konflikte lösen! Packen Sie diese immer sofort an, oder sind Sie möglicherweise doch ein wenig wie mein Protagonist Dirk – und laufen vor Problemen weg? Gehen Sie diesen lieber immer aus dem Weg, und versuchen sie schnell zu vergessen, weil Sie denken, dass es ja nicht so schlimm war, oder empfinden Sie gar eine lähmende Angst, die Sie handlungsunfähig macht?

Wie ist es denn mit Selbstgesprächen? Führen Sie gelegentlich selbst welche? Kennen oder kannten Sie jemanden der dies tat? Oder denken sie, dass so etwas selten vorkommt und die wenigen, die das tun, verrückt sind, Und/oder an einer multiplen Persönlichkeitsstörung leiden, wie es Dirk tut?

Bevor Sie voreilige Schlussfolgerungen ziehen, oder verurteilen, gebe ich Ihnen den Tipp: Beobachten Sie doch einfach mal die Menschen in Ihrer Umgebung. Ich meine damit nicht nur

Familienangehörige, Freunde und Bekannte, oder Arbeitskollegen. Ich meine damit alle!

Schauen Sie sich doch einfach mal die Leute an, die auf der Straße laufen, während Sie Autofahren.

Stellen Sie sich einfach mal vor einem Supermarkt und beobachten Sie die Menschen, die dort hinein- oder herausgehen.

Parken Sie auf einem beliebigen Parkplatz und halten sie Ausschau nach Menschen, die ihre Lippen bewegen, obwohl sie ohne Begleitung unterwegs sind.

Sie werden Überrascht sein, dass es ganz viele Menschen gibt, die (sogar in der Öffentlichkeit) Selbstgespräche führen.

Aber weshalb?

Und ist es wirklich so verrückt, wenn es beinahe jeder von uns täte?

Who are you?

Dirk gets irritated when he receives call from the complete stranger at late night, who tells him just trivial things, but then he gets to the point: He says that there is a corpse lying in front of Dirk's door. The killer? It is mysterious caller - Dirk immediately concludes. The corpse? Dirk's best friend Dennis. What has this psychopath done to his friend and why? From then on, this caller does not leave Dirk no longer alone and drives him almost insane - a bloodthirsty and disturbing madness!

> **Taschenbuch:** 152 Seiten
>
> **Verlag:** Books on Demand
>
> **Erscheinungsjahr:** 2016
>
> **Sprache:** Englisch
>
> **ISBN-10:** 3842384580
>
> **ISBN-13:** 978-3842384583

KAY SCHORNSTHEIMER

WHO ARE YOU?

PSYCHOLOGICAL THRILLER

Der neugierige GEORGE und das EBOLA- VIRUS

Heute schon gelacht? Oder über ernste Themen nachgedacht?

In diesem Buch werden Sie nicht drumherum kommen.

Der Autor vereint in seinem neuen Werk Kurzgeschichten, Comic, Gedichte und Essays auf seine ganz eigene Art: Locker, witzig, verstörend, ultra ehrlich, krank - aber immer mit Humor (Achtung: schwarz!).

Kurzweilig und nicht immer ernst zu nehmen - aber dennoch etwas, was jeder von uns braucht: Unterhaltung.

Taschenbuch: 180 Seiten

Verlag: Books on Demand

Erscheinungsjahr: 2019